中国散文 60 强

眼为什么望向窗外

梁晓声 / 著

北京联合出版公司
Beijing United Publishing Co.,Ltd.

图书在版编目（CIP）数据

眼为什么望向窗外 / 梁晓声著. -- 北京 ： 北京联
合出版公司，2024. 8. --（中国散文60强）. -- ISBN
978-7-5596-7824-9

Ⅰ. I267

中国国家版本馆CIP数据核字第20247LM044号

眼为什么望向窗外

作　　者：梁晓声
编　　选：文　欢
出 品 人：赵红仕
出版监制：张晓冬
责任编辑：周　杨
特约编辑：和庚方　张　颖
封面设计：立丰天

北京联合出版公司出版
（北京市西城区德外大街83号楼9层　100088）
三河市同力彩印有限公司印刷　新华书店经销
字数150千字　650毫米×920毫米　1/16　14印张
2024年8月第1版　2024年8月第1次印刷
ISBN 978-7-5596-7824-9
定价：65.00元

中华散文的文脉与发展

——"中国散文 60 强"总序

邱华栋

中国是诗的国度，亦是散文的国度。

穿越千年时空，从明清至唐宋，再由魏晋南北朝至两汉先秦一路回溯，汉语言文学中的散文实乃根深叶茂，硕果累累。无论是"唐宋八大家"之雄文美文，还是骈俪多姿的辞赋，以及名垂史册的《史记》《左传》，均为中国文学史上的璀璨明珠。"散文"与"诗"一道，成为中国文学的"嫡系"。尽管，后来从西方引进嫁接技术所催生的"小说"，大有"喧宾夺主"之势，终究还得"认祖归宗"，血脉和基因是无法改变的。

在中国散文流变历程中，曾出现过两次鼎盛期。一次是被文学史家所公认的"先秦散文"时期。其时，伴随着春秋时期的思想解放，诸子蜂起，百家争鸣，一大批散文家以饱满的气血、驳杂的学识和破茧的精神，创造出了散文的繁荣和辉煌局面，对后世产生了极大的影响。

到了"五四"时期，中国散文迎来了第二次鼎盛期。白话文如劲风激浪，吹刮和涤荡着神州大地。沉睡的雄狮醒来了，偃卧的小草开始歌唱。许多学贯中西的进步文人，肩扛文化变革的大纛，冲锋陷阵，掀起了一波又一波的新文学浪潮。《新青年》上刊载的散文，犹如一束束亮光，不但给人以希望，还给人以力量。"五四"以来的散文作品，无论是观念和主题，还是形式和风格，都跟以往的散文迥然不同。最具代表性的，当属鲁迅先生的散文（包括杂文），其刚健、凌厉的文质，疗救了中国散文长久以来颓靡不振、钙质疏流的顽疾。此外，周作人、郁达夫、朱自清、萧红、沈从文等一大批作家的散文创作亦各具特色，呈一时之盛，影响深远。

时代的前行催生了文学的发展，然而文学与时代有时并不同步甚至充满了"张力场"。"五四"的个性解放虽然催生了一批个性鲜明的散文精品，但这样的生态并未持续多久，中国散文的波峰出现了向低谷滑行的趋势。有论者指出，"散文在50年代既是对解放区散文文体意识的放大，又是对五四散文文体精神的进一步偏离。这种放大和偏离表现在个体性情的抒发让位于时代共性或者时代精神的谱写，政治标准优先于艺术标准，批判性为歌颂性所取代等诸方面。"（董健、丁帆、王彬彬《中国当代文学史新稿》）1960年代初，散文创作一度出现了活跃，"专业"从事散文创作的作家群凸显出来，刘白羽、杨朔、秦牧相继登场，迅速成为散文界的三位名家。但他们的作品后人评价褒贬不一，认为其中颂歌式的写法较为单向，这种模式化的写作，不但对散文的建设毫无益处，反而扼杀了散文的个性和神采。

"文革"十年，中国散文更是一片凋零和荒芜，乏善可陈。1970年代末，一些历经浩劫的作家开始复血，解除思想枷锁，重新拿起笔来写作，中国散文才又凤凰涅槃，焕发生机。加之各种文学刊物纷纷复刊和创刊，以及大量西方文化读物的译介出版，更为这些饥渴、桎梏太久的散文作者提供了登台亮相的舞台和瞭望世界的窗口。

1980年代初期，伴随改革开放的热潮，思想解放大旗招展，文化随之繁荣，诸多承续"五四"精神的作家以笔为旗，抒发胸中压抑既久之块垒，出现了一批抒情性质浓郁的散文，使得现代散文这块"百花园"芳菲争艳，蔚为大观。特别是1980年代中期，随着作家主体意识的不断强化，中国文学开始呈现出一个崭新局面，作家从"集体意识"中抽身而出，重新返回"个体"，注重对生活的体察和内在情感的表达。这一时期，散文的艺术性得以强化，文本的精神内涵和表现空间得以拓展。

进入 1990 年代，社会发展日新月异，城镇化进程锐不可当，文化领域亦呈多元格局。各种文学思潮相互碰撞，人文精神的讨论更是打开了作家们的创作思路。"大散文"概念的提出，引发了散文界对散文的内涵和外延的重新讨论和界定。风靡一时的"文化散文"热，成为文坛上一道靓丽的风景。"新散文""原散文""后散文""在场散文"等散文流派"你方唱罢我登场"，争奇斗艳，各领风骚。

及至二十世纪末，一批深具先锋意识和文体自觉的新锐作家，像一头公牛闯入瓷器店，使散文天地发生了激烈的碰撞和变化，形成一股新的散文潮流，提升了散文的审美品质和精神向度。

纵观 1978 年至 2023 年四十多年来，中华大地在"改开"的黄金时代中，社会生活奔涌激荡，各种思潮风起云涌，散文创作更是云蒸霞蔚、气象万千，涌现了众多成就斐然、风格各异的散文作家和具有思想深度、艺术上乘的散文作品。岁月的流水冲走了枯枝败叶和闲花野草，中流砥柱却巍然屹立。时间留住了新时代的散文经典，经典在时间的长河中绽放光芒。以沙里淘金的经典散文向"改开"的时代致敬，是我们不可推卸的责任和义务。

别看散文的门槛貌似很低，要真正写好，却实属不易。优质散文是有难度的写作，它不但需要作者的智识、胸襟、眼界、修养和气度格局；更需要写作者的态度、立场、慈悲、良知和批判勇气。遗憾的是，散文创作繁荣和光鲜的另一面，却是大量平庸甚至低劣之作的泛滥，不但败坏了读者的胃口，而且造成了物质和精神的极大浪费。散文作家层出不穷，散文作品汗牛充栋，可真正能让人记住的散文佳构却凤毛麟角。

散文要发展，文学要前行。发展和前行就要从平庸的樊篱中突围。在突围的过程中，散文作家不可太"聪明"，不可太世故，要永存对文学的敬畏之心。一言以蔽之，散文的尊严来自散文作家的尊严。也可以说，要想散文繁荣，首先需要有一批人格健全，品德高尚，铁肩担道义的散文作家。什么样的人写什么样的文章。特别是写散文，最容易看出一个作家的内在品质和境界涵养。一个人格不健全的人，哪怕他作文的技法再高妙，也很难写出撼人心魄、抚慰灵魂的散文来。作家精神品质的高低，直接决定其作品的精神向度。

为了散文写作的突围和发展，为了建设独具特质的当代散文，也是为了更好地从经典散文中汲取营养，我认为有必要正视和重申一些常识性的思考。高头讲章的理论是灰色的，常识之树却葳蕤常青。

一、作家的个体精神决定散文的优劣。常言道，散文易学而难攻。难在什么地方，不是难在技巧，而是难在作家个体精神的淬炼上。倘若作家的个体精神不够丰富，不够深刻，不够清澈，纵使他手里握着一支生花妙笔，也写不出令人称赞的散文。那么，如何才能做到个体精神的丰富性呢，这就要求作家时时刻刻不背离生活，要知人情冷暖，体察人间百态，关心民瘼，有忧患意识，不要做生存的旁观者。一个冷漠甚至冷酷的人，是不适合从事散文创作的。

二、真诚是确保散文品质的基石。散文创作跟作家的生存经验息息相关，可以说，真正优质的散文，无不牵连着作家的血肉和心性。作家的喜怒哀乐，悲欢离合，都或隐或显地暗含在他的作品中。假如在一篇散文作品中，读者既看不到作者的体温，又看不到作者的态度，那这篇作品或许就是失败的。说明这个作者在他的作品中"说谎"或"造假"，缺乏真诚之心。作家一旦失去真诚，为文必定矫揉造作，作品也必定会失去生命力。因此，真诚是散文的"生命线"，也是"底线"。

三、个性是促进散文生长的养料。人无个性便无趣，文无个性便平质。当下，每年都会诞生数以万计的散文篇章，但能够让人记住，且读后还想读的作品并不多，何故？概在于这些数量庞大的散文，无论题材，还是语感都千篇一律，像是从"模具"中生产出来的，缺乏辨识度。散文要发展，必须要求作家具有"个性意识"。"个性意识"不是标新立异，更不是哗众取宠，而是一种"创新意识"和"审美意识"。但凡在散文创作方面被公认的那些大家，都是"文体家"，他们以自觉的写作实践，开创了散文写作的新路径。不合流俗方能独步致远，推动散文的建设和繁荣。

当然，以上几点并非创作散文的圭臬，谁也没有资格去为散文"立法"。

散文是自由的创造，散文精神即自由精神。我之所以提出来，仅仅是希望引起散文同行们的重视和参考，共同为中国当代散文的发展尽力增光。

我们策划、编选"中国散文60强"（1978—2023）的初衷，旨在对新时期以来的中国散文创作作出梳理、评价和选择，试图精选出风格各异的代表性散文作家，以每位一部单行本的形式，呈现出中国新时期优质散文的大体样貌。此项目的发起人为资深出版人张明先生。多年来，他一直追求做高品位的纯文学书籍，也曾连续多年与中国散文学会、中国小说学会合作，出版年度《中国散文排行榜》和年度《中国小说排行榜》。2023年他策划出版了《中国小说100强》，反响不俗。身处喧嚣、纷杂的环境，能以如此情怀和心力来为文学做如此浩大的工程，不能不令人钦佩！

感谢张明先生邀请我和叶梅、冯秋子、陆春祥、吴佳骏、张英、文欢组成编委会，共同遴选出60位作家。我们在召开筹备会的时候，即将作品的思想性、艺术性、代表性以及影响力作为编选的基本原则。在确定入选作家名单时，我们认真商讨，反复研究，生怕因为各自的眼力、审美和趣味之别，造成遗珠之憾。好在我们的工作得到了作家们的积极回应和鼎力支持，惠风和畅，大地丰饶。

60位入选的作家，既有令人尊敬的文学大家，如孙犁、张中行、汪曾祺、史铁生、邵燕祥、流沙河、刘烨园、宗璞、贾平凹、韩少功、张炜、梁晓声、阿来、冯骥才等。这批散文大家的作品，文风质朴、清朗、刚健，充满了"智性"和"诗性"。无论他们是写怀人之作，还是针砭时弊，歌咏风物，都有着鲜明的文化立场和审美取向。他们或出入历史，借古观今；或提炼人生，洞明世事，输送给读者的都是难能可贵的"精神营养"。

也有被散文界公认的名家，如李敬泽、王充闾、马丽华、周涛、冯秋子、叶梅、筱敏、张锐锋、周晓枫、于坚、鲍尔吉·原野等。这些作家的散文作品，特色鲜明，风格独特，诚挚内敛，从内容到形式，都作出了各自的探索和尝试，为当代散文注入了活力。从他们的作品中，我们不但能够领略汉语之美，更可以借此反观生活与存在，寻找人之为人的价值和尊严。

还有散文界的中坚力量和青年才俊，如彭程、谢宗玉、江子、雷平阳、任林举、塞壬、沈念、傅菲、吴佳骏、周华诚等。从他们的作品中，我们见到的，不只是中国散文的文脉传承，更是自由精神的张扬。他们文心雅正，笔力锋锐，不跟风，不盲从，始终保持着独立的思索和判断，在各自所开辟的散文园地中精耕细作，以崭新的姿态参与和推动当代散文的变革。

其实，细心的读者不难发现，入选本丛书的老、中、青三代作家都有个共性，即他们均在以自己的作品审视心灵，心系苍生，弘扬真善美，鞭挞假恶丑，充满了正义感和人道主义精神。这自然与时下众多书写风花雪月，一己悲欢，充塞小情趣、小可爱的散文区别开来。正是因为有他们的存在，中国当代散文才呈现出一幅绚丽多姿的长卷。

需要说明的是，有些重要的散文家，如张承志、余秋雨、王小波、苇岸、刘亮程、李娟等人，由于版权或其他不可抗原因，未能将他们的作品收录进来，我们深以为憾。

我们还要感谢北京立丰天文化传播有限公司的资金支持，感谢北京联合出版公司的精心编校，他们慷慨和无私的义举，对于繁荣中国当代散文创作、对于赓续中华优秀散文文脉、对于中国新时期的文化积累，均具重大价值和意义，可谓善莫大焉。这套丛书的出版意义将同《中国小说100强》一样，旨在给读者以经典的指引，这既是一项重要的原创文学工程，同时也是助力推动全民阅读和研究传播文化的公益工程。

郁郁乎文哉，中国散文有幸！

是为序。

2024 年 5 月 12 日星期日

（作者为全国政协常委，中国作协副主席、书记处书记）

目 录
Contents

第一辑　情怀的分量

002　|　我的父母·我的小学

016　|　父亲的遗物

021　|　母亲播种过什么?

025　|　我的少年时代

028　|　我与儿子

032　|　万里家山一梦中

035　|　情怀的分量

038　|　飘扬起你青春的旗

042　|　人生的意义在于承担

045　|　眼为什么望向窗外?

050 | 相见恨晚当如何？

054 | 让我们爱憎分明

059 | 解剖我的心灵

第二辑　人性薄处的记忆

066 | 先生之风，山高水长

071 | 沉思闻一多

076 | 时常想起方志敏

081 | 复黄益庸

086 | 人间自有温情在

093 | 何以善良何以多情

096 | 拾遗补缺亦可欣

099 | 别样人生别样情

102 | 人性薄处的记忆

107 | 我和橘皮的往事

110 | 小垃圾女

115 | 第一支钢笔

119 | 本命年杂感

125 | 时间即"上帝"

第三辑　阅读一颗心

130 ｜ 我最初的故乡是书籍

133 ｜ 写作使人再次成长

135 ｜ 百年文化的表情

141 ｜ 指证中国文化之摇篮

146 ｜ 论"苦行文化"之流弊

150 ｜ 我与唐诗宋词

153 ｜ 唐诗宋词的背面

166 ｜ 翻译语言之断想

170 ｜ 阅读一颗心

176 ｜ 我热爱读书

179 ｜ 享受阅读

182 ｜ 美是不可颠覆的

192 ｜ 论寂寞

196 ｜ 论崇高

199 ｜ 论荣誉

203 ｜ 法理与情理

206 ｜ 近虑远忧

209 ｜ 小说平凡了以后

第一辑　情怀的分量

我的父母·我的小学

我的父母

一九四九年九月二十二日，我出生在哈尔滨市安平街一个人家众多的大院里，我的家是一间半低矮的苏式房屋。邻院是苏联侨民的教堂，经常举行各种宗教仪式，我从小听惯了教堂的钟声。

父亲目不识丁，祖父也目不识丁。原籍山东省荣成温泉寨村。上溯十八代乃至二十八代三十八代，尽是文盲，尽是穷苦农民。

父亲十几岁时，因生活所迫，随村人"闯关东"来到了哈尔滨。

他是我们家族史上的第一个工人，建筑工人。他转折了我们这一梁姓家族的成分。我在小说《父亲》中，用两万余纪实性的文字，为他这一个中国的农民出身的"工人阶级"立了一篇小传。从转折的意义讲，他是我们家族史上的一座丰碑。

父亲对我走上文学道路从未施加过任何有益的影响，不仅因为他是文盲，也因为从一九五六年起，我七岁的时候，他便离开哈尔滨市建设大西北去了。从此每隔两三年他才回家与我们团聚一次，我下乡以后，与父亲团聚一次更不易了。在我的记忆中，父亲是反对我们几个孩子看"闲书"的。见我们捧着一本什么小说看，他就生气。看"闲书"是他这位父亲无法忍受的"坏毛病"。父亲常因母亲给我们钱买"闲书"而对母亲大发其火。家里穷，父亲一个人挣钱养家糊口，也真难为他。每一分钱都是他用汗水换来的。父亲的工资仅够勉强维持一个市民家庭最低水平的生活。

母亲也是文盲。外祖父去读过几年私塾，是东北某农村解放前农民称为"识文断字"的人，故而同是文盲，母亲与父亲不大一样。父亲是个崇尚力气的文盲，母亲是个崇尚文化的文盲。崇尚相左，对我们几个孩子寄托的希望也便截然对立。父亲希望我们将来都能靠力气吃饭，母亲希望我们将来都能成为靠文化自立于社会的人。父亲的教育方式是严厉的训斥和惩罚，父亲是将"过日子"的每一样大大小小的东西都看得很贵重的。母亲的教育方式堪称真正的教育，她注重人格、品德、礼貌和学习方面。值得庆幸的是，父亲常年在大西北，我们从小接受的是母亲的教育。母亲的教育至今仍对我为人处世深有影响。

母亲从外祖父那里知道许多书中的人物和故事，而且听过一些旧戏，乐于将书中或戏中的人物和故事讲给我们。母亲年轻时记忆强，什么戏剧什么故事，只要听过一遍，就能详细记住。有些戏中的台词唱段，几乎能只字不差地复述。母亲善于讲故事，讲时带有很浓的个人感情色彩。我从五六岁开始，就从母亲口中听到过"包公传""济公传""杨家将""岳家将""侠女十三妹"的故事。母亲是个很善良的女人，善良的女人大多喜欢悲剧。母亲尤其愿意尤其善于讲悲剧故事"秦香莲""风波亭""杨业碰碑""赵氏孤儿""陈州放粮""王宝钏困守寒窑""三勘蝴蝶梦""钓金龟""牛郎织女""天仙配""水漫金山寺""劈山救母""杜十娘怒沉百宝箱"……母亲边讲边落泪，我们边听边落泪。

我于今在创作中追求悲剧情节、悲剧色彩，不能自已地在字里行间流溢浓重的主观感情色彩，可能正是由于小时候听母亲带着她浓重的主观感情色彩讲了许多悲剧故事的结果。我认为，文学对于一个作家儿童时代的心灵所形成的直接或间接的影响，对一个作家在某一时期或某一阶段的创作风格起着"先天"的、潜意识的作用。

母亲在我们小时候给我们讲故事，当然绝非想要把我们都培养成为作家；而仅靠听故事一个儿童也不可能直接走上文学道路。

我们所住的那个大院，人家多，孩子也多。我们穷，因为穷而在那个大院中受着种种歧视。父亲远在大西北，因为家中没有一个男人而受着种种欺辱。我们是那个市民大院中的人下人。母亲用故事将我们吸引在而不是囚禁在家中，免得我们在大院里受欺辱或惹是生非，同时用故事排遣她自己内心深处的种种愁苦。

这样的情形至今仍常常浮现在我眼前：电灯垂得很低，母亲一边在灯下给我们缝补衣服，一边用凄婉的语调讲着她那些凄婉的故事。我们几个孩子，趴在被窝里，露出脑袋，瞪大眼睛凝神谛听，讲到可悲处，母亲与我们唏嘘一片。

如果谁认为一个人没有导师就不可能走上文学道路的话，那么我的回答是——我的第一位导师，是母亲。我始终认为这是我的幸运。

如果我认为我的母亲是我文学上的第一位导师不过分，那么也可以说我的这位小学语文老师是我文学上的第二位导师。假若在我的生活中没有过她们，我今天也许不会成为作家。

我的小学

我永远忘不了这样一件事：某年冬天，市里要来一个卫生检查团到我们学校检查卫生，班主任老师吩咐两名同学把守在教室门外，个人卫生不合格的学生，不准进入教室。我是不许进入教室的几个学生之一。我和两名把守在教室门外的学生吵了起来，结果他们从教员室请来了班主任老师。

班主任老师上下打量着我，冷起脸问："你为什么今天还要穿这么脏的衣服来上学？"

我说："我的衣服昨天刚刚洗过。"

"洗过了还这么脏？"老师指点着我衣襟上的污迹。

我说："那是油点子，洗不掉的。"

老师生气了："回家去换一件衣服。"

我说："我就这一件上学的衣服。"

我说的是实话。

老师认为我顶撞了她，更加生气了，又看我的双手，说："回家叫你妈把你两手的皴用砖头蹭干净了再来上学！"接着像扒乱草堆一样乱扒我的头发，"瞧你这满头虮子，像撒了一脑袋大米！叫人恶心！回家去吧！这几天别来上学了，检查过后再来上学！"

我的双手，上学前用肥皂反复洗过，用砖头蹭也未必能蹭干净。而手的生皴，不是我所愿意的。我每天要洗菜，淘米，刷锅，刷碗。家里的破屋子四处透风，连水缸在屋内都结冰，我的手上怎么不生皴？不卫生是很羞耻的，这我也懂，但卫生需要起码的"为了活着"的条件，这一点我的班主任老师便不懂了。阴暗的，夏天潮湿冬天寒冷的，像地窖一样的一间小屋，破炕上每晚拥挤着大小五口人，四壁和天棚每天起码要掉下三斤土，炉子每天起码要向狭窄的空间飞扬四两灰尘……母亲每天早起晚归去干临时工，根本没有精力照料我们几个孩子，如果我的衣服居然还干干净净，手上没皴头上没有虮子，那倒真是咄咄怪事了！我当时没看过《西行漫记》，否则一定会顶撞一句："毛主席当年在延安住窑洞时还当着斯诺的面捉虱子呢！"

我认为，对于身为教师者，最不应该的，便是以贫富来区别对待学生。我的班主任老师嫌贫爱富。我的同学中的区长、公社书记、工厂厂长、医院院长们的儿女，他们都并非品学兼优的好学生，有的甚至经常上课吃零食、打架，班主任老师却从未严肃地批评过他们一次。

对班主任老师尖酸刻薄的训斥，我只有含侮忍辱而已。

我两眼涌出泪水，转身就走。

这一幕却被语文老师看到了。

她说："梁绍生，你别走，跟我来。"扯住我的一只手，将我带到教员室。她让我放下书包，坐在一把椅子上，又说："你的头发也够长了，该理一理了，我给你理吧！"说着就离开了办公室。学校后勤科有一套理发工具，是专为男教师们互相理发用的。我知道她准是取那套理发工具去了。

可是我心里却不想再继续上学了。因为穷，太穷，我在学校里感到一点尊严也没有。而一个孩子需要尊严，正像需要母爱一样。我是全班唯一的一个免费生。免费对一个小学生来说是精神上的压力和心理上的负担。"你是免费生，你对得起党吗？"哪怕无意识地犯了算不得什么错误的错误，我也会遭到班主任老师这一类冷言冷语的训斥。我早听够了！

语文老师走出教员室，我便拿起书包逃离了学校。我一直跑出校园，跑着回家。

"梁绍生，你别跑，别跑呀！小心被汽车撞了呀！"我听到了语文老师的呼喊。她追出了校园，在人行道上跑着追我。

我还是跑，她紧追。

"梁绍生，你别跑了，你要把老师累坏呀！"

我终于不忍心地站住了。

她跑到我跟前，已气喘吁吁。

她说："你不想上学啦？"

我说："是的。"

她说："你才小学四年级，学这点文化将来够干什么用？"

我说："我宁肯和我爸爸一样将来靠力气吃饭，也不在学校里忍受委屈了！"

她说："你这种想法是错误的。小学四年级的文化，将来也当不了一个好工人！"

我说："那我就当一个不好的工人！"

她说："那你将来就会恨你的母校，恨母校所有的老师，尤其会恨我。因为我没能规劝你继续上学！"

我说："我不会恨您的。"

她说："那我自己也不会原谅我自己！"

我满心间自卑、委屈、羞耻和不平，哇的一声哭了。她抚摸着我的头，低声说："别哭，跟老师回学校吧，啊？我知道你们家里生活很穷困，这不是你的过错，没有什么值得自卑和羞耻的。你要使同学们看得起你，每一位老师都喜爱你，今后就得努力学习才是啊！"

我只好顺从地跟她回到了学校。

如今想起这件事，我仍觉后怕。没有我这位小学语文老师，依着我从父亲的秉性中继承下来的那种九头牛拉不动的倔强劲儿，很可能连我母亲也奈何不得我，当真从小学四年级就弃学了。那么今天我既不可能成为作家，也必然像我的那位小学语文老师说的那样——当不了一个好工人。

一位会讲故事的母亲和从小的穷困生活，是造成我这样一个作家的先决因素。狄更斯说过——穷困对于一般人是种不幸，但对于作家也许是种幸运。的确，对我来说，穷困并不仅仅意味着童年生活的不遂人愿。它促使我早熟，促使我从童年起就开始怀疑生活，思考生活，认识生活，介入生活。虽然我曾千百次地诅咒过穷困，因穷困感到过极大的自卑和羞耻。

我发现自己也具有讲故事的"才能"，是在小学二年级。认识字了，语文课本成了我最早阅读的书籍，新课本发下来未过多久，我就先自己通读一遍了。当时课文中的生字，标有拼音，读起来并不难。

一天，我坐在教室外的楼梯台阶上正聚精会神地看语文课本，教语文课的女老师走上楼，好奇地问："你在看什么书？"我立刻站起，规规矩矩地回答："语文课本。"老师又问："哪一课？"我说："下堂您要讲的新课——《小山羊看家》。""这篇课文你觉得有意思吗？""有意思。""看过几遍了？""两遍。""能讲下来吗？"我犹豫了一下，回答："能。"上课后，老师把我叫起，对同学们说："这一堂讲第六课——《小山羊看家》。下面请梁绍生同学先把这一篇课文讲述给我们听。"

我的名字本叫梁绍生，梁晓声是我在"文革"中自己改的名字。"文革"中兴起过一阵改名的时髦风，我在一张辞去班级"勤务员"职务的声明中首次署了现在的名字——梁晓声。

我被老师叫起后，开始有些发慌，半天不敢开口。老师鼓励我："别紧张，能讲述到哪里，就讲述到哪里。"我在老师的鼓励下，终于开口讲了："山羊妈妈有四个孩子，一天，山羊的妈妈要离开家……"

当我讲完后，老师说："你讲得很好，坐下吧！"看得出，老师心里很高兴。

全班同学都很惊异，对我十分羡慕。

一个穷困人家的孩子，他没有任何值得自我炫耀的地方，当他的某一方面"才能"当众得以显示，并且被羡慕，并且受到夸奖，他心里自然充满骄傲。

以后，语文老师每讲新课，总是提前几天告诉我，嘱我认真阅读，到讲那一堂新课时，照例先把我叫起，让我首先讲述给同学们听。

我们的语文老师，是一位主张教学方法灵活的老师。她需要我这样一名学生，喜爱我这样一名学生。因为我的存在，使她在我们这个班讲的语文课生动活泼了许多。而我也同样需要这样一位老师，因为是她给予了我在全班同学面前显示自己讲故事"才能"的机会。而这样的机会当时对我是重要的，使我幼小的意识中也有一种骄傲存在着，满足着我匮乏的虚荣心。后来，老师的这一语文教学方法，在全校推广了开来，引起区和市教育局领导同志的兴趣，先后到我们班听过课。从小学二年级至小学六年级，我和我的语文老师一直配合得很默契。她喜爱我，我尊敬她。小学毕业后，我还回母校看望过她几次。"文革"开始，她因是市的教育标兵，受到了批斗。记得有一次我回母校去看她，她刚刚被批斗完，握着扫帚扫校园，剃了"鬼头"，脸上的墨迹也不许她洗去。

我见她那样子，很难过，流泪了。

她问："梁绍生，你还认为我是一个好老师吗？"

我回答："是的，您在我心中永远是一位好老师。"

她惨然地苦笑了，说："有你这样一个学生，有你这样一句话，我挨批挨斗也心甘情愿了！走吧，以后别再来看老师了，记住老师曾多么喜爱你就行！"

那是最后一次见到她。

不久，她跳楼自杀了。

她不但是我的小学语文老师，还是我小学母校的少先队辅导员老师。她在同学们中组织起了全市小学校的第一个"故事小组"和第一个"小记者委员会"。我小学时不是个好学生，经常逃学，不参加校外学习小组，除了语文成绩较好，算术、音乐、体育都仅是个"中等"生，直到五年级才入队。还是在我这位语文老师的多次力争下有幸戴上了红领巾，也是在我这位语文老师的力争下才成为"故事小组"和"小记者委员会"的成员。对此我的班主任老师很有意见，认为她所偏爱的是一个坏学生。我逃学并非因为我不爱学习。那时母亲天不亮就上班去了，哥哥已上中学，是校团委副书记兼学生会主席，也跟母亲一样，早晨离家，晚上才归，全日制，就苦了我。家里还有两个弟弟一个妹妹，我得给他们做饭吃，收拾屋子和担水，他们还常常哭着哀求我在家陪他们。将六岁、四岁、二岁的小弟小妹撇在家里，我常常于心不忍，便逃学，不参加校外学习小组。班主任老师从来也没有到我家进行过家访，因而不体谅我也就情有可原，认为我是一个坏学生更理所当然。班主任老师不喜欢我，还因为穿在我身上的衣服一向很不体面，不是过于肥大就是过于短小，不仅破，而且脏，衣襟几乎天天带着锅底灰和做饭时弄上的油污。在小学没有一个和我要好过的同学。

语文老师是我小学时期在学校里的唯一的一个朋友。我至今不忘她，永远都难忘。不仅因为她是我小学时期唯一关心过我喜爱过我的一位老师，不仅因为她给予了我唯一的树立起自豪感的机会和方式，还因她将我向文学的道路上推进了一步——由听故事到讲故事。语文老师牵着我的手，重新把我带回了学校，重新带到教员室，让我重新坐在那把椅子上，开始给我理发。语文教员室里的几位老师百思不得其解地望着她。一位男老师对她说："你何苦呢？你又不是他的班主任。曲老师因为这个学生都对你有意见了，你一点不知道？"她笑笑，什么也未回答。她一会儿用剪刀剪，一会儿用推子推，将我的头发剪剪推推摆弄了半天，总算"大功告成"。她歉意地说："老师没理过发，手太笨，使不好推子也使不好剪刀，大冬天的给你理了个小平头，你可别生老师的气呀！"

教员室没有镜子。我用手一摸，平倒是很平，头发却短得不能再短了。哪里是"小平头",分明是被剃了一个不彻底的秃头。虮子肯定不存在了,我的自尊心也被剪掉剃平。

我并未生她的气。随后她又拿起她的脸盆,领我到锅炉房,接了半盆冷水再接半盆热水,兑成一盆温水,给我洗头,洗了三遍。只有母亲才如此认真地给我洗过头。我的眼泪一滴滴落在脸盆里。她给我洗好头,再次把我领回教员室,脱下自己的毛坎肩,套在我身上,遮住了我衣服前襟那片无法洗掉的污迹。她身材娇小,毛坎肩是绿色的,套在我身上尽管不伦不类,却并不显得肥大。教员室里的另外几位老师,瞅着我和她,一个个摇头不止,忍俊不禁。她说:"走吧,现在我可以送你回到你们班级去了!"她带我走进我们班级的教室后,同学们顿时哄笑起来。大冬天的,我竟剃了个秃头,棉衣外还罩了件绿坎肩,模样肯定是太古怪太滑稽了!

她生气了,严厉地喝问我的同学们:"你们笑什么?有什么可笑的?哄笑一个同学迫不得已的做法是可耻的行为!如果我是你们的班主任,谁再敢哄笑我就把谁赶出教室!"

这话她一定是随口而出的,绝不会有任何针对我的班主任老师的意思。我看到班主任老师的脸一下子拉长。班主任老师也对同学们呵斥:"不许笑!这又不是耍猴!"班主任老师的话,更加使我感到被当众侮辱,而且我听出来了,班主任老师的话中,分明包含着针对语文老师的不满成分。语文老师听没听出来,我无法知道。我未看出她脸上的表情有什么变化。她对班主任老师说:"曲老师,就让梁绍生上课吧!"班主任老师拖长语调回答:"你对他这么尽心尽意,我还有什么话可说?"

市教育局卫生检查团到我们班检查卫生时,没因为我们班有我这样一个剃了秃头,棉袄外套件绿色毛坎肩的学生而贴在我们教室门上一面黄旗或黑旗。他们只是觉得我滑稽古怪,惹他们发笑而已……

从那时起直至我小学毕业，我们班主任老师和语文老师的关系一直不融洽。我知道这一点，我们班级的所有同学也都知道这一点，而这一点似乎完全是由于我这个学生导致的。几年来，我在一位关心我的老师和一位讨厌我的老师之间，处处谨小慎微，循规蹈矩，力不胜任地扮演一架天平上的小砝码的角色。扮演这种角色，对于一个小学生的心理，无异于扭曲，对我以后的性格形成不良影响，使我如今不可救药地成了——一个忧郁型的人。

我心中暗暗铭记语文老师对我的教诲，学习努力起来，成绩渐好。

班主任老师却不知为什么对我愈发冷漠无情了。

四年级上学期期末考试，我的语文和算术破天荒地拿了"双百"，而且《中国少年报》选登了我的一篇作文，市广播电台"红领巾"节目也广播了我的一篇作文，还有一篇作文用油墨抄写在儿童电影院的宣传栏上。同学对我刮目相待了，许多老师也对我和蔼可亲了。

校长在全校师生大会上表扬了我的语文老师，充分肯定了在我这个一度被视为坏学生的转变和进步过程中，她所付出的种种心血，号召全校老师向她那样对每一个学生树立起高度的责任感。

受到表扬有时对一个人不是好事。

在她没有受到校长的表扬之前，许多师生都公认，我的"转变和进步"，与她对我的教育是分不开的。而在她受到校长的表扬之后，某些老师竟认为她是一个"机会主义者"了。"文革"期间，有一张攻击她的大字报，赫赫醒目的标题即是——"看机会主义者××是怎样在教育战线进行投机和沽名钓誉的！"。

而我们班的几乎所有同学，都不知掌握了什么证据，断定我那三篇给自己带来荣誉的作文，是语文老师替我写的。于是流言传播，闹得全校沸沸扬扬。

四年级二班的梁绍生，

是个逃学精，

老师替他写作文，

《少年报》上登，

真该用屁崩！

…………

一些男同学，还编了这样的顺口溜，在我上学和放学的路上，包围着我讥骂。班主任老师亲眼见到过我被凌辱的情形，没制止。

班主任老师对我冷漠无情到视而不见的地步。她教算术。在她讲课时，连扫也不扫我一眼了。她提问或者叫同学在黑板上解答算术题时，无论我将手举得多高，都无法引起她的注意。

一天，在她的课堂上，同学们做题，她坐在讲课桌前批改作业本。教室里静悄悄的。"梁绍生！"她突然大声叫我的名字。我吓了一跳，立刻怯怯地站了起来。全体同学都停了笔。"到前边来！"班主任老师的语调中隐含着一股火气。我惴惴不安地走到讲桌前。

"作业为什么没写完？"

"写完了。"

"当面撒谎！你明明没写完！"

"我写完了，中间空了一页。"

我的作业本中夹着印废了的一页，破了许多小洞，我写作业时随手翻过去了，写完作业后却忘了扯下来。我低声下气地向她承认是我的过错。她不说什么，翻过那一页，下一页竟仍是空页。我万没想到我写作业时翻得匆忙，会连空两页。她拍了一下桌子："撒谎！撒谎！当面撒谎！你明明是没有完成作业！"我默默地翻过了第二页空页，作业本上展现出了我接着做完的作业。她的脸倏地红了："你为什么连空两页?!想要捉弄我一下是不是?!"

我垂下头,讷讷地回答:"不是。"

她又拍了一下桌子:"不是?!我看你就是这个用意!你别以为你现在是个出了名的学生了,还有一位在学校里红得发紫的老师护着你,托着你,拼命往高处抬举你,我就不敢批评你了!我是你的班主任,你的小学鉴定还得我写呢!"

我被彻底激怒了!我不能容忍任何人在我面前侮辱我的语文老师!我爱她!她是全校唯一使我感到亲近的人!我觉得她像我的母亲一样,我内心里是视她为我的第二个母亲的!

我突然抓起了讲台桌上的红墨水瓶。班主任以为我要打在她脸上,吃惊地远远躲开我,喝道:"梁绍生,你要干什么?!"我并不想将墨水瓶打在她脸上,我只是想让她知道,我是一个人,在忍无可忍的情况下我是会愤怒的!我将墨水瓶使劲摔到墙上。墨水瓶粉碎了,雪白的教室墙壁上出现了一片"血"迹!我接着又将粉笔盒摔到了地上。一盒粉笔尽断,四处滚去。教室里长久的一阵鸦雀无声,直至下课铃响。那天放学后,我在学校大门外守候着语文老师回家。她走出学校时,我叫了她一声。她奇怪地问:"你怎么不回家?在这里干什么?"我垂下头去,低声说:"我要跟您走一段路。"她沉思地瞧了我片刻,一笑,说:"好吧,我们一块儿走。"我们便默默地向前走。她忽然问:"你有什么事要告诉我吧?"我说:"老师,我想转学。"她站住,看着我,又问:"为什么?"我说:"我不喜欢我们班级!在我们班级我没有朋友,曲老师讨厌我!要不请求您把我调到您当班主任的四班吧!"我说着想哭。"那怎么行?不行!"她语气非常坚决,"以后你再也不许提这样的请求!"我也非常坚决地说:"那我就只有转学了!"眼泪涌出了眼眶。

她说:"我不许你转学。"我觉得她不理解我,心中很委屈,想跑掉。

她一把扯住我，说："别跑。你感到孤独是不是？老师也常常感到孤独啊！你的孤独是穷困带来的，老师的孤独……是另外的原因带来的。你转到其他学校也许照样会感到孤独的。我们一个孤独的老师和一个孤独的学生不是更应该在一所学校里吗？转学后你肯定会想念老师，老师也肯定会想念你的。孤独对一个人不见得是坏事……这一点你以后会明白的。再说你如果想有朋友，你就应该主动去接近同学们，而不应该对所有的同学都充满敌意，怀疑所有的同学心里都想欺负你……"

我的小学语文老师她已成泉下之人近二十年了。我只有在这篇纪实性的文字中，表达我对她虔诚的怀念。

教育的社会使命之一，就是应首先在学校中扫除嫌贫谄富媚权的心态！

而嫌贫谄富，在我们这个国家，在我们这个国家的小学、中学乃至大学，在二十一世纪的今天，依然不乏其例。

因为我小学毕业后，接着进入了中学，而后又进入过大学，所以我有理由这么认为。

我诅咒这种现象！鄙视这种现象！

父亲的遗物

心里总想着应向母亲认错，可直至母亲也去世了，认错的话竟没机会对母亲说过……

我站在椅上打开吊柜寻找东西，蓦地看见角落里那一只手拎包。它是黑色的，革的，很旧的，拉锁已经拉不严了，有的地方已经破了。虽然在吊柜里，竟也还是落了一层灰尘。

我呆呆站在椅上看着它，像一条走失了多日又终于嗅着熟悉的气味儿回到了家里的小狗看着主人……

那是父亲生前用的手拎包啊！

父亲病故十余年了，手拎包在吊柜的那一个角落也放了十余年了。有时我会想到它在那儿。如同一个读书人有时会想到对自己影响特别大的某一部书在书架的第几排。更多的日子里更多的时候，我会忘记它在那儿，忘记自己曾经是儿子的种种体会……

十余年中，我不止一次地打开过吊柜，也不止一次地看见过父亲的手拎包，但是却从没把它取下过。事实上我怕被它引起思父的感伤。

从少年时期至青年时期至现在，我几乎一向处在多愁善感的心态中。我觉得我这个人被那一种心态实在缠绕得太久了。我怕陷入不可名状的亲情的回忆。我承认我每有逃避的企图……

然而这一次我的手却不禁地向父亲的遗物伸了过去。近年来我内心里常涌起一种越来越强烈的倾诉愿望，但是我却不愿被任何人看出我其实也有此愿。这一种封闭在内心里的愿望，那一时刻使我对父亲的遗物备觉亲切。尽管我知道那即使不是父亲的遗物而是父亲本人仍活着，我也断不会向父亲倾诉我人生的疲惫感。

我的手伸出又缩回，几经犹豫，最终还是把手拎包取了下来……

我并没打开它。

我认真仔细地把灰尘擦尽，转而腾出衣橱的一格，将它放入衣橱里了。我那么做时心情很内疚。因为那手拎包作为父亲的遗物，早就该放在一处更适当的地方。而十余年中，它却一直被放在吊柜的一角。那绝不是该放一位父亲的遗物的地方。一个对自己父亲感情很深的儿子，也是不该让自己父亲的遗物落满了灰尘的啊！

我不必打开它，也知里面装的什么——一把刮胡刀。在我很小的时候，就见过父亲用那一把刮胡刀刮胡子。父亲的络腮胡子很重，刮时发出刺啦刺啦的响声。父亲死前，刮胡刀的刀刃已被用窄了，大约只有原先的一半那么宽了。因为父亲的胡子硬，每用一次，必磨一次。父亲的胡子又长得快，一个月刮五六次，磨五六次，四十几年的岁月里，刀刃自然耗损明显。如今，连一些理发店里，也用起安全刀片来了。父亲那一把刮胡刀，接近于文物了……手拎包里还有一个小小的牛皮套，其内是父亲的印章。父亲一辈子只刻过那么一枚印章。木质的，比我用的钢笔的笔身粗不到哪儿去。父亲一生离不开那印章。是工人时每月领工资要用，退休后每三个月寄来一次退休金，每月六十余元，一年仅用数次……

一对玉石健身球，是我花五十元为父亲买的。父亲听我说是玉石的，虽然我强调我只花了五十元，父亲还是觉得那一对健身球特别宝贵似的。他只偶尔转在手里，之后立刻归放盒中。其中一只被他孙子小时候非要去玩，结果掉在阳台的水泥地上摔裂了一条纹……

父亲当时心疼得直跺脚，连说："哎呀，哎呀，你呀，你呀！真败家，这是玉石的你知道不知道哇！……"

再有，就是父亲身份证的影印件了。原件在办理死亡证明时被收缴注销了。我预先影印了，留作纪念。手拎包的里面，还有一层。那道拉锁是好的。影印件就在夹层里。

除了以上东西，父亲这一位中国第一代建筑工人，再就没留下什么遗物了。仅有的这几件遗物中，健身球还是他的儿子给他买的。

手拎包的拉锁，父亲生前曾打算换过。但那要花三元多钱。花钱方面仔细了一辈子的父亲舍不得花三元多钱。父亲曾试图自己换，结果发现皮革已有些糟了，"咬"不住线了，自己没换成。我曾给过父亲一只开什么会发的真皮的手拎包。父亲却将那真皮的手拎包收起来了，舍不得用。他生前竟没往那真皮的手拎包里装过任何东西……

他那只旧拎包夹层的拉锁既然仍是好的，父亲就格外在意地保养它，方法是经常为它打蜡。父亲还往拉锁上安了一个纽扣那么大的小锁。因为那夹层里放过对父亲来说极重要的东西——有六千元整的存折。那是父亲一生的积攒。他常说是为他的孙子我的儿子积攒的……

父亲逝前一个月，我为父亲买了六七盒"蛋白注射液"，大约用了近三千元钱。我明知那绝不能治愈父亲的癌症，仅为我自己获得一点儿做儿子的心理安慰罢了。父亲那一天状态很好，目光特别温柔地望着我笑了。

可母亲走到了父亲的病床边，满脸忧愁地说："你有多少钱啊？买这种药能报销吗？你想把你那点儿稿费都花光呀？你们一家三口以后不过了呀?……"

当时,已为父亲花了一万多元,父亲的单位效益不好,还一分钱也没给报销。母亲是知道这一点的。在已无药可医的丈夫和她的儿子之间,尤其当母亲看出我这个儿子似乎要不惜一切代价地延缓父亲的生命时,她的一种很大的忧虑便开始转向我这一方面了……

当我捧着药给父亲看,告诉父亲那药对治好父亲的病疗效多么显著时,却听母亲从旁说出那种话,我的心情可想而知……仰躺着已瘦得虚脱了的父亲低声说:"如果我得的是治不好的病,就听你妈的话,别浪费钱了……"沉默片刻,又说:"儿子,我不怕死。"再听了父亲的话,我心凄然。那药是我求人写了条子,骑自行车到很远的医院去买回来的呀!

进门后脸上的汗还没来得及擦一下呀……结果我在父亲的病床边向母亲大声嚷嚷了起来……"妈妈,你再说这种话,最好回哈尔滨算了!……"我甚至对母亲说出了如此伤她老人家心的冷言冷语……

母亲是那么的忍辱负重。她默默地听我大声嚷嚷,一言不发。而我却觉得自己的孝心被破坏了,还哭了……母亲听我宣泄够了,离开了家,直至半夜十一点多才回家。如今想来,母亲也肯定是在外边的什么地方默默哭过的……哦,上帝,上帝,我真该死啊!当时我为什么不能以感动的心情去理解老母亲的话呢?我伤母亲的心竟怎么那么的近于冷酷呀?!一个月后,父亲去世了;母亲回哈尔滨了……心里总想着应向母亲认错,可直至母亲也去世了,认错的话竟没机会对母亲说过……

母亲留下的遗物就更少了。我选了一条围脖和一个半导体收音机。围脖当年的冬季我一直围着,企图借以重温母子亲情。半导体收音机是我为母亲买的,现在给哥哥带到北京的精神病院去了。他也不听。我想哪次我去看他,要带回来,保存着。

我写字的房间里，挂着父亲的遗像——一位面容慈祥的美须老人；书架上摆着父亲和我们兄弟四人一个妹妹青少年时期的合影，都穿着棉衣。我们一家竟没有一张"全家福"。在哈尔滨市的四弟家里，有我们年龄更小时与母亲的合影。那是夏季的合影。那时母亲才四十来岁，看上去还挺年轻……父亲在世时，常对我儿子说："你呀，你呀，几辈子人的福，全让你一个人享着了！"现在上高三了的儿子，却从不认为他幸福。面临高考竞争的心理压力，也使儿子过早地体会了人生的疲惫……现在，我自己竟每每想到死这个字了。我也不怕死。只是觉得，还有些亲情责任未尽周全。我是根本不相信另一个世界之存在的。但有时也孩子气地想：倘果有冥间，那么岂不就省了投胎转世的麻烦，直接地又可以去做父母的儿子了吗？那么我将再也不会伤父母的心了。

　　在我们这个阳世没尽到的孝，我就有机会在阴间弥补遗憾了。阴间一定有些早夭的孩子，那么我愿在阴间做他们的老师。阴间一定没有升学竞争吧？那么孩子们和我双方的教与学一定是轻松快乐的。我希望父亲做一名老校工。我相信父亲一定会做得非常敬业。我希望母亲为那阴间的学校养群鸡。母亲爱养鸡。我希望阴间的孩子们天天都有鸡蛋吃。这想法其实并不使我悲观。恰恰相反，常使我感觉到某种乐观的呼唤。故我又每每孩子气地在心里说：爸爸，妈妈，耐心等我……

母亲播种过什么？

这些平民家庭的小儿女啊，似些孤独的羔羊，面对今天这样明天那样的政治风云，彷徨、迷惘、无奈、亲情失落不知所依。

预感竟是真的有过的。似乎父亲和母亲逝前，总是会传达给我一些心灵的讯息。

十月中旬，我和毕淑敏见过一面。她告诉我她在师大进修心理学，我便向她请教——我说今年以来，无论白天还是夜晚，无论睡着还是醒着，我眼前常有这样一幅画面移动着——在冬季，在北方小村外的雪路上，一只羊拉着一架爬犁，谨慎又从容地向村里走着。爬犁上是一桶井水，不时微少地荡出，在桶外和爬犁上结了一层晶莹的冰。爬犁后同样步态谨慎而又从容地跟随着一位少女，扎红头巾，脸蛋儿亦冻得通红，袖着双手。而漫天飘着清冽的小雪花儿……

并且，我向毕淑敏强调，此电影似的画面，绝非我从任何一本书中读到过的情节，也绝非我头脑中产生的构思片断。事实上一年多以来，尽管此画面一次比一次清晰地向我浮现，但我却从未打算将这画面用文字写出来……

毕淑敏沉吟片刻，答出一句话令我暗讶不已。

她说："你不妨问问你母亲。"

我母亲属羊。母亲的母亲也属羊。而这都是毕淑敏所不知道的。

而母亲于昏迷中入院的第二天，哈尔滨降下了入冬的第一场雪……

我的思想是相当唯物的。但受情感的左右，难免也会变得有点儿唯心起来——莫非母亲的母亲，注定了要在这一年的冬季，将她的女儿领走？我没见过外祖母。但知外祖母去世时，母亲尚是少女……

那么那一桶清澈的井水意味些什么呢？

在医院里，在母亲的病床前，以及在母亲出殡的过程中，我见到了母亲的一些干儿女。

我早知母亲有些干儿女。究竟有多少，并不很清楚。凡三十余年间，有的见过几面，有的竟不曾见过。但我清楚，在漫长的三十余年间，他们对母亲怀着很深很深的感情。

他们当年皆是我弟弟那一辈的小青年。

话说当年，指的是"上山下乡"运动开始以后。许多家庭的长子长女和次子次女，和我以及我的三弟一样，都恋恋不舍地告别了家庭和城市。城市中留下的大抵是各个家庭的小儿女，年龄在十六七岁和十八九岁之间。那个年代，这些平民家庭的小儿女啊，似些孤独的羔羊，面对今天这样明天那样的政治风云，彷徨、迷惘、无奈、亲情失落不知所依。他们中，有人当年便是丧父或失母的小儿女。

既都是平民家的小儿女，所分配的工作也就注定了不能与愿望相符。或做街头小食杂店的售货员，或做挖管道沟的临时工，或在生产环境破败的什么小厂里学徒……

某一年夏天，是知青的我回哈探家，曾去酱油厂看过我四弟的劳动情形。斯时他们几名小工友，刚刚挥板锨出完几吨酱渣，一个个只着短裤，通体大汗淋漓，坐在车间的窗台上，任穿堂凉风阵阵扑吹，唱印度电影《流浪者》中的"拉兹之歌"——我和任何人都没来往，命运啊，我的星辰，你把我引向何方引向何方……

他们心中的苦闷种种，是不愿对自己的家庭成员吐诉的。但是这些城市中的小儿女，又是多么需要一个耐心倾听他们吐诉的人啊！那倾听者，不仅应有耐心，还应有充满心间的爱心。还应在他们渴望安慰和体恤之时，善于安慰，善于劝解，并且，由衷地予以体恤……

于是，他们后来都非常信赖也不无庆幸地选择了母亲。

于是，母亲也就以她母性的本能，义不容辞地将他们庇护在自己身边。像一只母鸡展开翅膀，不管自家的小鸡抑或别人家的小鸡，只要投奔过来，便一概地遮拢翅下……

那些城市中的小儿女啊，当年他们并没有什么可回报母亲的。只不过在年节或母亲生病时，拎上一包寻常点心或两瓶廉价罐头聚于贫寒的我家看望母亲。再就是，改叫"大娘"为叫"妈"了。有时混着叫，刚叫过"大娘"，紧接着又叫"妈"。与点心和罐头相比，一声"妈"，倒显得格外的凝重了。

既被叫"妈"，母亲自然便于母性的本能而外，心生出一份油然的责任感。母亲关心他们的许多方面——在单位和领导和工友的关系；在家中是否与亲人温馨相处；怎样珍惜友情，如何处理爱情；须恪守什么样的做人原则，交友应防哪些失误；不借政治运动之机伤害他人报复他人；不可歧视那些被政治打入另册的人，等等……

母亲以她一名普通家庭妇女善良宽厚的本色，经常像叮咛自己的亲儿女一样，叮咛她的干儿女们不学坏人做坏事，要学好人做好事。

此世间亲情，竟延续了三十年之久。我曾很不以为然过，但母亲对我的不以为然也同样不以为然。她不与我争辩，以一种心理非常满足的、默默的矜持，表明她所一贯主张的做人态度。直至她去世前三天，还希望能为她的一个干女儿和一个干儿子促成一次大媒……

而他们，一个帮着四弟将母亲送入医院，一个一小时后便闻讯匆匆赶到医院，三十几个小时不曾回家，不曾离开过医院！母亲逝后，她的干儿女们都纷纷来到了弟弟家。我说——不必在家中设灵位了吧！他们说——要设。我说——不必非轮守四十八小时灵了吧！他们说——要守。这些三十年前的城市平民家庭的小儿女啊，三十年前是小徒工们，如今仍是工人们。只不过，有的"下岗"了；只不过，都做了父母了。他们都是些沉默寡言之人。我离开哈市时，仍分不清他们中几个人的名字。他们不与我多说什么。甚至根本就不主动与我说话。他们完完全全是冲他们与母亲之间那一种三十年之久的亲情，而为母亲守灵，为母亲烧纸，为母亲送丧的。三十年间，我下乡七年，上大学三年，居京二十年，我曾给予母亲的愉快时日，比他们给予的少得多。回到北京，我常默想——从今后，我定当以胞弟胞妹视待他们和她们啊！至于我自己的几名中学挚友与母亲之间的亲情，比三十年更长久，从我初一时就开始着了。那是世间另一种亲情，心感受之，欲说还休欲说还休每独坐呆想，似乎有了一种答案——那时时浮现过我眼前的画面中那一桶清澈的井水，是否便意味着是人世间的一种温馨亲情呢？母亲的母亲，给予在母亲心里了。而母亲只不过从内心里荡出了一些，便获得了多么长久又多么足以感到欣慰的回报啊！这么想很唯心，但请不要责怪儿子的痴思。

愿此亲情在我们中国老百姓间代代相传。

没了它，意味着是我们普通人的人生多么大的损失啊！

母亲我爱您。

母亲安息吧……

我的少年时代

怎么的，自己就成了一个四十多岁的人了呢？

仿佛站在人生的山头上。五十岁的年龄已正在向我招手。如俗话常说的——"转眼间的事儿"。我还看见六十岁的年龄拉着五十岁的手。我知道再接着我该从人生的山头上往下走了。如太阳已经过了中午。不管我情愿不情愿，我必须接受这样一个现实……

于是茫然地，不免频频回首追寻消失在岁月里的童年和少年时代。

我是一个穷人家的孩子。父亲是建筑工人，中国的第一代建筑工人。我六岁的时候他到大西北去了。以后我每隔几年才能见到他一面。在十年"文革"中我只见过他三次。我三十三岁那一年他退休了。在我三十三岁至四十岁的七年中，父亲到北京来，和我住过一年多。一九八八年五月他再次来北京，已是七十七岁的老人了。这一年的十月，父亲病逝在北京。

父亲靠体力劳动者的低微工资养活我和弟弟妹妹们长大。我常觉得我欠父亲很多很多。我总想回报。其实没能回报。如今这一愿望再也不可能实现。

母亲也是七十多岁的老人了。在我的印象中，母亲就没穿过新衣服。我是扯着母亲的破衣襟长大的。如今母亲是很有几件新衣服了。但她不穿。她说，都老太婆了，还分什么新的旧的。年轻时没穿过体面的，老了，更没那种要好的情绪了……

小胡同，大杂院，破住房，整日被穷困鞭笞得愁眉不展的母亲，窝窝头、野菜粥、补丁连补丁的衣服、露脚趾的鞋子……这一切构成我童年和少年时期的物质的内容。

那么精神的呢？想不起有什么精神的。却有过一些渴望——渴望有一个像样的铅笔盒，里面有几支新买的铅笔和一支书写流利的钢笔；渴望有一个像样的书包；渴望在过队日时穿一身像样的队服；渴望某一天一觉醒来睁开眼睛，惊喜地发现家住的破败的小泥土房变成了起码像种样子的房子。也就是起码门是门，窗是窗，棚顶是棚顶，四壁是四壁。而在某一隅，摆着一张小小的旧桌子，并且它是属于我的。我可以完全占据它写作业，学习……如果这些渴望都可以算是属于精神的，那么就是了。

小学三年级起我是"特困生""免费生"。初中一年级起我享受助学金。每学期三元五角。现在回想起来似乎是不可思议的事情。每学期三元五角，每个月七角钱。为了这每个月七角钱的助学金，常使我不知如何自我表现，才能觉得自己是一个够资格享受助学金的学生。那是一种很大的精神负担和心理负担。用今天时髦的说法，"活得累"。对于童年和少年时期的我，由于穷困所逼，学校和家都是缺少亮色和欢乐的地方……

回忆不过就是回忆而已。写出来则似乎便有"忆苦"的意味儿。我更想说的其实是这样两种思想——我们的共和国它毕竟在发展和发达着。咄咄逼人的穷困虽然仍在某些地方和地区存在着，但就大多数人而言，尤其在城市里，当年那一种穷困，毕竟是不普遍的了。如果恰恰读我这一篇短文的同学，亦是今天的一个贫家子弟，我希望他或她能产生这样的想法——梁晓声能从贫困的童年和少年度过到人生的中年，我何不能？我的中年，将比他的中年，还将是更不负年龄的中年哪！

一个人的童年和少年，十分幸福，无忧无虑，被富裕的生活所宠爱着，固然是令人羡慕的。固然是一件幸事。我祝愿一切下一代人，都有这样的童年和少年。

但是，如果一个人的童年和少年不是这样，也不必看成是一件很不幸的事。不必以为，自己便是天下最不幸的人了。更不必耽于自哀自怜。我的童年和少年，教我较早地懂了许多别的孩子尚不太懂的东西——对父母的体恤，对兄弟姐妹的爱心，对一切被穷困所纠缠的人们的同情，而不是歧视他们，对于生活负面施加给人的磨难的承受力，自己要求于自己的种种的责任感，以及对于生活里一切美好事物的本能的向往，和对人世间一切美好情感的珍重……

这些，对于一个人的一生，都是有益处的。也可以认为，是生活将穷困施加在某人身上，同时赏赐于某人的补偿吧。倘人不用心灵去吸取这些，那么穷困除了是丑恶，便什么对人生多少有点儿促进的作用都没有了……

愿人人都有幸福的童年和少年……

我与儿子

我曾以为自己是缺少父爱情感的男人。

结婚后，我很怕过早负起父亲的责任，因为我太恋爱安静了。一想到我那十二平方米的家中，响起孩子的哭声，有个三四岁的男孩儿或女孩儿满地爬，我就觉得简直等于受折磨，有点儿毛骨悚然。

妻子初孕，我坚决主张"人流"。为此她备感委屈，大哭一场——那时我刚开始热衷于写作。哭归哭，她妥协了。妻子第二次怀孕，我郑重地声明：三十五岁之前绝不做父亲，她不但委屈而且愤怒了，我们大吵一架——结果是我妥协了。

儿子还没出生，我早说了无穷无尽的抱怨话。倘他在母腹中就知道，说不定会不想出生了。妻临产的那些日子，我们都惴惴不安，日夜紧张。

那时，妻总在半夜三更觉得要生了。已记不清我们度过了几个不眠之夜，也记不清半夜三更，我搀扶着她去了几次医院。马路上不见人影，从北影到积水潭医院，一往一返慢慢地小心地走，大约三小时。

每次医生都说："来早了，回家等着吧！"

妻子哭，我急，一块儿哀求。哀求也没用。

始终是那么一句话——"回家等着，没床位"。

有一夜，妻看上去很痛苦。但她咬紧牙关，一声不吭。她大概因为自己老没个准儿，觉得一次次折腾我，有点儿对不住我。可我看出的确是"刻不容缓"了——妻已不能走。我用自行车将她推到医院。

医生又训斥我："怎么这时候才来？你以为这是出门旅行，提前五分钟登上火车就行呀！"反正我要当父亲了，当然是没理可讲的事了。

总算妻子生产顺利，一个胖墩墩的儿子出世了。

而我半点喜悦也没有，只感到舒了口气，卸下了一种重负。好比一个人被按在水盆里的头，连呛几口之后，终于抬了起来……

儿子一回家，便被移交给一位老阿姨了。我和妻住办公室。一转眼就是两年。两年中我没怎么照看过儿子。待他会叫"爸爸"后，我也发自内心地喜爱过他，时时逗他玩一阵。但那从所谓潜意识来讲是很自私的——为着解闷儿。但心里总是有种积怨，因为他的出生，使我有家不能归，不得不栖息在办公室。

夏天，我们住的那幢筒子楼，周围环境肮脏。一到晚上，蚊子多得不得了。点蚊香，喷药，也是起不了多大作用的。蚊子似乎对蚊香和蚊药有了很强的抵抗力。

有一天早晨我回家吃早饭，老阿姨说："几次叫你买蚊帐，你总拖，你看孩子被叮成什么样了？你真就那么忙？"

我俯身看儿子，见儿子遍身被叮起至少三四十个包，脸肿着。可他还冲我笑，叫"爸……"，我正赶写一篇小说，突然我认识到自己太自私了。我抱起儿子落泪了……

当天我去买了一顶五十多元的尼龙蚊帐。

上海文艺出版社的编辑修晓林初次到我家，没找到我。又到了办公室，才见着我。我挺兴奋地和他谈起我正在构思的一篇小说，他打断我说："你放下笔，先回家看看你儿子吧，他发高烧呢！"

我一愣，这才想起——我已在办公室废寝忘食地写了两天。两天内吃妻子送来的饭，没回过家门。

从这些方面讲，我真不是一位好父亲。人们都说儿子是个好儿子，许多人非常喜欢他。我的生活中，已不能没有他了。我欠儿子的责任和义务太多，至今我觉得对儿子很内疚。我觉得我太自私。但正是在那一二年内，我艰难地一步步地向文坛迈进。对儿子的责任和自己的责任，于我，当年确是难以两全之事。

儿子爱画画，我从未指导过他。尽管我也曾爱画画，指导一个十几岁的孩子，那点儿基础还是够用的。

儿子爱下象棋。我给他买了一副象棋，却难得认真陪他"杀一盘"。他常常哀求："爸爸，和我杀一盘行不行啊？"结果他养成了自己和自己下象棋的习惯。

记得我有一次到幼儿园去接儿子，阿姨对我说："你还是作家呢，你儿子连'一'都写不直，回家好好儿下功夫辅导他吧！"

从那以后，我总算对儿子的作业较为关心。但要辅导他每天写完幼儿园的两页作业，差不多也得占去晚上的两个小时。而我尤视晚上的时间更为宝贵——白天难得安静，读书写作，全指望晚上的时间。

儿子曾有段时间不愿去幼儿园。每天早晨撒娇撒赖，哭哭啼啼，想留在家里。我终于弄明白，原来他不敢在幼儿园做早操。他太自卑，太难为情，以为他的动作，定是极古怪的，定会引起哄笑。

我便答应他，做早操时，到幼儿园去看他。我说话算话。他在院内做操，我在院外做操。有了我的奉陪，他的胆量壮了。

事后我问他："如果你连当众伸伸胳膊踢踢腿都不敢，将来你还敢干什么？比如看见一个小偷在公共汽车上扒人家腰包，你敢抓住他的手腕吗？"

他沉吟许久，很严肃地回答："要是小偷没带刀，我就敢。"

我笑了，先有这点胆量也行。

我又对他说："只要你认为你是对的，谁也别怕。什么也别怕！"

我希望我的儿子在这一点上将来像我一样。谁知道呢？

总而言之，我不是位尽职的父亲。儿子天天在长大，我深知我对他的责任将更大了。我要学会做一位好父亲，去掉些自私，少写几篇作品，多在他身上花些精力。归根到底，我的作品，也许都微不足道。但我教育出怎样一个人交给社会，那不仅是我对儿子的责任，也是我对社会的责任。

我不希望他多么有出息——这超出我的努力及我的愿望。

万里家山一梦中

什么叫乡情？

乡情便是——一个离乡很久之人没有机会说说自己的家乡，他就很难开心得起来了；而一旦有了说的机会，于是说起来收不住话匣子，神采飞扬。

我读胜友那一篇篇关于家乡亚布力的散文，每被字里行间浓得像野生蜜的乡情所感染，所感动。其情如亚布力野生的"三莓"果，一嘟噜一嘟噜的，一串一串的；也如"甜杆"，"细吮里面的浆汁，那种甘甘的甜味，一直流到肚里，爽在心头"。

胜友是我老乡，他我都是黑龙江人。我出生于哈尔滨市；胜友的童年和少年，显然是在亚布力的林区度过的。而亚布力这一北域小县城，距哈尔滨仅一百四十多公里……

但我下乡之前，是没去过亚布力的。

并且至今，也还是没去过。

当年不像现在，旅游这一件事，对于普通人家的孩子，是连在梦里都不敢一想的。

实际上，胜友散文中所写到的，关于亚布力的种种内容，我下乡后也终日可见，习焉不察了。故读的时候，眼前仿佛过电影，什么什么，皆扑面呈现。

北大荒也有林场的，我是知青时，还在林区伐过木。自然，也住过些日子。当年我对于山林的感受，也是颇多新奇的。但山林之于我，终究没有如胜友般的乡情联系着。

由是想到，倘一个人的童年和少年时期是在北方的山林中度过的，倘那里的生活还不算太艰苦，那么未尝不是好事呢。

林区有趣的事物，比之于大大小小的城市，多得不胜枚举啊！一个人自幼接触了许多有趣之事，并且是大自然中的有趣之事，几乎可以算得上是一种幸运了啊！起码，中年以后，身居北京这样的闹市——回忆，是一种情感享受呢！也许还能安慰别的思乡的人们。

为什么我偏偏强调是"北方的山林"呢？因为北方的山林比之于南方的山林，不那么湿气弥漫。除非雨季，北方的山林一向是干爽的。到了秋天，北方的山林色彩缤纷，那一种赏心悦目的美，非是南方的山林终年单调的绿可比的。固然，绿养眼，但终年所见除了绿还是绿，确乎也会使人觉得色彩单调的。北方的山林，四季分明，一年里可见四种如画的美景。

胜友的这些散文中，有不少是关于童年和少年时期的回忆的，怀旧之意味浓矣。如果一个人的童年和少年并非浸在苦水里，那么怀旧是愉快的，也是自然而然的事。

我从胜友的散文中也读到了那种愉快。

难得他如此有心，将小时候的游戏也一一写来。比之于今天的孩子们沉迷于电脑游戏，我觉得倒是从前的、生活在大自然怀抱中的孩子们，他们那些简单的、进行在大自然环境里的游戏，似乎更叫作游戏。

一言以蔽之，读了胜友的这些散文，我想，我再回哈尔滨时，当往亚布力一去了——不知现今的亚布力县城以及林区，又是一番怎样的情景……

2009 年 12 月 13 日于北京

情怀的分量

我一向觉得——对于文学，情怀是有特殊分量的。好的文学作品，几乎无一例外地流淌着真挚的情怀，如血液流淌在人的身体里。一首诗、一篇散文是这样，一部小说尤其是这样。

今年春节期间，我在外地，随身带了泽俊先生的书稿《工人》。

我清楚地记得，读罢《工人》是初三，上午十点左右。至今，读罢一部好作品仍会使我激动不已。当时的我便是那样。身边也没一个可以交流感想的人，忍了几忍没忍住，于是拨通了泽俊的手机，告诉他我已经读罢了《工人》。千里之外的他期待地问："达到小说的及格水平了吗？"泽俊他一向是谦虚的。我说："好。很好。非常好。"除了那短短的几句话，我竟不知再从何说起。好的小说往往会使刚读过它的人失语，能具体地说出好来是失语过后的事。泽俊又问："怎样进一步修改？"我说："作品当然是越改越好，不过，现在这样已经很好，不论出版还是发表，应都不成问题，而且必定会引起关注……"除了笼统之印象，还是谈不出具体感受——那真是一言难尽的。泽俊是盲文出版社汉文字出版分社的副总编。他负责出版过我的两部集子，由此我们认识了，遂成朋友。他厚道，为人诚恳，并且，对世事具有深刻的洞察力。写作是他最主要的业余爱好。很可能，还是唯一的。

他多次对我说，打算写一部工人题材的长篇小说——说到"工人"两个字，他总是流露出极深厚的感情。工人阶级对中国的伟大贡献令他肃然起敬；他们"下岗"时期的种种困厄处境令他感同身受；他们至今分享改革成果之少每使他焦虑万分。

而我，也是的。我和他一样是工人的儿子。我的两个弟弟一个妹妹当年几乎同时下岗。

"工人"二字对于泽俊犹如圣经，乃是他的情怀脐带。

谈到最后他又总是会信誓旦旦地这么说："我要为中国工人立传。"

我当然鼓励他。但老实说，对于他究竟能写出一部怎样的工人题材的小说，心中是不免存疑的，拭目以待而已。盖因一部中国当代文学史，从一九四九年到九十年代，差不多可以说成是一部中国农村小说史。九十年代后，小说在题材方面骤然丰富，如礼花绽放。工人题材的小说，却仍少之又少。优秀的更少。中国之大多数作家，长短都有过农村生活的经历。纵使完全没有，海量的农村题材的文学作品，加上电影电视剧，也会使作家们易于间接吸收营养。

农村于是成为中国文学的家园和苗圃。

中国当代作家普遍缺乏对工人群体尤其是从前年代的工人群体的认知。直接的和间接的认知都缺乏。连我这个工人的儿子也是——蒋子龙是极少数了解工人的作家。从这个意义上讲，他是作家中的宝。

现在，终于又出现了一位于泽俊。

泽俊笔下的三线工人群体，与子龙所了解的工人迥然不同。子龙笔下的工人是生活在城市里，工作在车间里的；泽俊笔下的工人，却是经历了背井离乡，携家带口落户于广阔的风沙漫漫的西北天地间的，如同庞大的负有神圣迁徙使命的特殊部族，如同转战一方的千军万马的大兵团……

我认为，于泽俊成功地完成了他的夙愿。

我认为，他写出了一部工人题材的《白鹿原》。

春节一过，我迫不及待地与文化艺术出版社的董耘编辑联系。董耘是资深编辑，也是我的好朋友。好作品当然要首先推荐给是编者的好朋友。

董耘以最短的时间读罢了《工人》。

我在电话中问她印象如何。

她说："好。很好。很久没有审读过一部优秀的长篇小说了，《工人》是优秀之作。"她的感觉和我一样，使我对一己感觉多了一份自信。

对于《工人》这样一部小说，我可评论的方面很多。但我决定不必都写入序中。我真诚地向广大读者和文学评论家们推荐《工人》。我一点儿也不怀疑广大读者必会像我一样喜欢这部小说，为作者流淌在字里行间的真挚情怀所感动。我深信《工人》必获评论家们的好评。我甚至认为，下一届茅盾文学奖评选时，《工人》必具有不容忽视的角逐力。终于出现了这么一部工人题材的好小说，如果我是评委，将毫不犹豫地投它一票！最后我只评价一句——《工人》具有史诗性；我因它哭过了……

2011 年 4 月 24 日于北京

飘扬起你青春的旗

青春是短暂的。

当我们"分解"任何一个男人或女人的人生时，便尤见青春之短暂了。

从一岁到六岁，人牙牙学语，跟跄学步，处在如小猫小狗的孩提时期。除了最基本的饮食需要，再有一种需要那就是爱了，而且多多益善。孩提时期的人还不太懂得爱别人，无论对别人包括对爸爸妈妈表现出多么强烈的"爱"，也只不过是最本能的依恋，所需要的爱也只不过是关怀与呵护。

人生的每一阶段都有着近乎天然的诗性成分。

孩提时期的诗性成分乃是人性的单纯。

一个孩子酣睡在母亲怀里的情形是特别美特别动人的情形；他或她被父亲扛在肩头时的笑脸，是人类最烂漫的笑脸。

一个孩子所依恋的首先还不是父母，而是父爱与母爱。如果一个孩子失去了双亲，倘有另一个女人真能像慈母一样地爱这孩子，那么不久这孩子在她的怀里也会睡得像在最安全的摇篮中一样踏实；倘有一个男人真能像慈父般爱这孩子，并且也喜欢将这孩子扛在肩头上，那么这孩子脸上也会绽出同样快活的笑容。

孩子用本能感觉别人对他或她爱的程度。几乎纯粹是本能，不加入什么理性的判断。但孩子的本能也往往是极其细微的。某些孩子很善于从大人的表情、大人的眼里看出爱的真伪。这也几乎是本能，不是后天的经验。

在《悲惨世界》中，小女孩珂赛特夜晚到林中去拎水时第一次遇到了冉·阿让——他说："我的孩子，你提的这东西，对你来说，太重了一点儿吧。"——于是替她拎着那桶水……

书中接着写道："那人走得相当快。珂赛特却也不难跟上他。她已经不再感到累了。她不时抬起眼睛，望着那人，显出一种无可言喻的宁静和信赖的神情。从来不曾有人教过她敬仰上帝和祈祷，可是她感到她心里有种东西，仿佛是飞向天空的希望和欢乐……"

珂赛特当时的心情，正是我所言——人性在孩提阶段所体现出的那一种又本能又单纯的诗性啊。

珂赛特当时八岁，倘她是今天中国城市人家的一个孩子，那么她已经该上小学二年级了。

小学时期人有整整六年可度。

小学这一人生阶段的诗性体现在人开始懂得爱别人了。"懂得"这个词不太准确，实际上人生开始就生出对别人的爱来。小学生望着他或她所感激的人，目光中往往充满着柔情了。这时一名小学生的眼睛，无论是男孩或女孩，都是会说话的眼睛。"眼睛是心灵的窗口"——我认为这一点是从小学时期开始的。

中学时期人已是少男少女了。人生处在花季的第一个节气。这时人生的诗性无须赘言，但这时的人生还不是"青春"。因为这时的人生还缺少青春最本质的特征，那就是生命饱满外溢的活力。

到了高中，人开始形成自己相当独立的思想了。人心里开始萌生出不同于以往的爱意了。这爱意已不再是对别人给予自己的关怀和呵护的回报了，而体现为主动的对异性的暗怀其情的爱慕了。也有爱得缠绵难分的情况，但大抵是暗怀其情。此时人生进入了青春期的第一个节气，正如惊蛰的节气之于四月。但高中是通向大学的最后阶梯。但凡是个初谙世事的儿女，都不敢松懈学业上的努力。在中国，尤其在城市，这是人生最诗意盎然的阶段，其实最乏诗意可言。

整整三年的埋头苦读，或者考上了大学，或者遗憾落榜。

此时，当年的孩子十八九岁了。

考上了大学的，自我补偿式地品咂青春。而一到了大三大四，便又为毕业后的人生去向而时时迷惘，惶惑；遗憾落榜的，则难免陷入悲观。

青春有了另外的许多负重感。

如此"分解"起来，看得分明——青春从十八九岁真正开始，一直到一个人组成家庭的时候结束。

有些人做了丈夫或妻子，心理仍然处在六月般美好的青春期。他们青春期的诗性延续到了婚后。他们是幸福的，也是幸运的。但大多数人未必如此幸运。因为做丈夫或做妻子的角色责任、角色义务，因为家庭生活的诸多常规内容，制约着人惜别青春，服从角色的要求……所以许多中年人回眸人生，常喟叹青春短暂。而这也正是我的人生体会。我将青春短暂这一个事实告诉青年朋友们，当然不是想使青年朋友们对人生产生沮丧。恰恰相反，青春既然那么短暂，处在青春阶段的人，就应善待青春！珍惜青春！

而我最终想说的是——人啊，如果你正处在青春时期，无论什么样的挫折，无论什么样的失落，无论什么样的不公平，都不要让它损害或玷污了你的青春！

青春应该经得起失恋……

青春应该经得起一无所有……

青春应该经得起社会对人生的抛掷……

青春应该经得起别人的白眼和轻蔑……

因为，人在生命充盈着饱满外溢的活力的情况之下都经不起的事，在生命的另外时期就更难经得起了……

人生的意义在于承担

　　我曾多次被问到"人生有什么意义"，往往，"人生"之后还要加上"究竟"二字。

　　我想，"人生有什么意义"这一个问题，从本质上说，是从"现在时"出发对"将来时"的一种叩问，是对自身命运的一种叩问。世界上只有人才关心自身的命运问题。"命运"一词，意味着将来怎样。它绝不是一个仅仅反映"现在时"的词。

　　"人生有什么意义"这一个问题与人的思想活动有关，古今中外，解答可谓千般百种，形形色色。我也回答过这一问题，可每次的回答都不尽相同，每次的回答自己都不满意。

　　一般而言，儿童和少年不太会问"人生有什么意义"的话，他们倒是很相信人生总归是有些意义的，专等他们长大了去体会。老年人也不太会问"人生有什么意义"的话，问谁呢？中年人常问"人生有什么意义"。相互问一句，或自说自话一句。一切都似乎不言自明，于是相互获得某种心理的支持和安慰。因为他们是有压力的，压力常常使他们对人生的意义保持格外的清醒。人生的意义在他们那儿的解释是——责任。

是的，责任即意义。责任几乎成了大多数寻常百姓的中年人之人生的最大意义。对上一辈的责任，对儿女的责任，对家庭的责任，对单位对职业的责任。人只有到了中年时，才恍然大悟，原来从小盼着快快长大好好地追求和体会一番的人生的意义，除了种种的责任和义务，留给自己的，即纯粹属于自己的另外的人生的意义，实在是并不太多了。他们老了以后，甚至会继续以所尽之责任和义务尽得究竟怎样，来掂量自己的人生意义。

而在一些年轻人眼中，人生的意义就是享受，他们还没有受什么苦，也没有经历大的波折磨难，在他们看来，世界是美好的，人生要享受眼前的美好。如果他们经历了点什么困难，他们更有理由了——人活在这个世界这么苦，不好好享受对不起自己。

其实，这是大错特错的。我有一种结论，所谓"人生的意义"，它至少是由三部分组成：一部分是纯粹自我的感受；一部分是爱自己和被自己所爱的人的感受；还有一部分是社会和更多有时甚至是千千万万别人的感受。

当一个青年听到一个他渴望娶其为妻的姑娘说"我愿意"时，他由此顿觉人生饱满、有意义了，那么这是纯粹自我的感受。爱迪生之人生的意义，体现在享受电灯、电话等发明成果的全世界人身上；林肯之人生的意义，体现在当时美国获得解放的黑奴们身上。

如果一个人只从纯粹自我一方面的感受去追求所谓人生的意义，那么他或她到头来一定所得极少。最多，也仅能得到三分之一罢了。但倘若一个人的人生在纯粹自我方面的意义缺少甚多，尽管其人生作为的性质是很崇高的，那么在获得尊敬的同时，必然也引起同情。这是自我价值和社会价值的失衡。

权力、财富、地位、高贵得无与伦比的生活方式，这其中任何一种都不能单一地构成人生的意义。而勇于担当的人，即使卑微，对于爱我们也被我们所爱的人而言，可谓大矣！因为他尽到了自己的责任，他承担起了属于自己的义务。这样的人，尽管平凡渺小，但值得钦佩。

眼为什么望向窗外？

无窗，不能说是房子，或屋子。确是，也往往会被形容为"黑匣子般的"……

"窗"是一个象形汉字。古代通"囱"，只不过是孔的意思。后来，因要区别于烟囱，逐渐固定成现在的写法。从象形的角度看，"囱"被置于"穴"下，分明已不仅仅是透光通风之孔。而且有了提升房或屋也就是家的审美意味。

若一间屋，不论大小，即使内装修再讲究，家私再高级，其窗却布满灰尘，透明度被严重阻碍了，那也还是会令主人感觉差劲，帝宫王室也不例外。"窗明几净"虽然起初是一个因果关系词，但一经用以形容屋之清洁，遂成一个首选词语。也就是说，当我们强调屋之清洁时，脑区的第一反应是"窗明"。这一反应，体现着人性对事物要项的本能重视。

冬天过去了，春天来了，在北方，不论城市里还是农村里的人家，不论穷还是富，都做的一件事那就是去封条，擦窗子。如果哪一户人家竟没那么做，肯定是不正常的。别人往往会议论——瞧那户人家，懒成啥样了？窗子脏一冬天了都不擦一擦！或——唉，那家人愁得连窗子都没心思擦了！而在南方，勤劳的人家，其窗更是一年四季经常要擦的。

从前的学生，一升入四年级，大抵就开始在老师的指导下学着擦净教室的每一扇窗了。那是需要特别认真之态度的事，每由老师指定细心的女生来完成。男生，通常则只不过充当女生的助手。那些细心的女生哟，用手绢包着指尖，对每一块玻璃反复地擦啊擦啊，一边擦还一边往玻璃上哈气，仿佛要将玻璃擦薄似的。而各年级各班级进行教室卫生评比，得分失分，窗子擦得怎样是首要的评比项目。

"要先擦边角！"——有经验的大人，往往那么指导孩子。

因为边角藏污纳垢，难擦，费时，擦到擦尽不容易；所以常被马虎过去，甚而被成心对付过去。

随着建筑成为一门学科，窗在建筑学中的审美性更加突出，更加受到设计者的重视。古今中外，一向如此。简直可以说，忽略了对窗的设计匠心，建筑成不了一门艺术。

黑夜过去了，白天开始了，人们起床后的第一件事大抵是拉开窗帘。在气象预告方式不快捷也不够准确的年代，那一举动也意味着一种心理本能——要亲眼看一看天气如何，倘又是一个好天气，人的心境会为之一悦。

宅屋有窗，不仅为了通风，还为了便于一望。古今中外，人们建房购房时，对窗的朝向是极在乎的。人既希望透过窗望得广，望得远，还希望透过窗望到美好的景象。

"窗含西岭千秋雪"——室有此窗，不能不说每日都在享着眼福。

"罗汉松掩花里路，美人蕉映雨中楸"——这样的时光，凭窗之人，如画中人也。不是神仙，亦近乎神仙了。

"双双瓦雀行书案，点点杨花入砚池。闲坐小窗读周易，不知春去几时多。"——如此这般的凭窗闲坐，是多么惬意的时光呢！

人都是在户内和户外交替生活着的动物。人之所以是高级的动物，乃因谁也不愿在户内度过一生。故，窗是人性的一种高级需要。

人心情好时，会身不由己地站在窗前望向外边。心情不好时，甚至尤其会那样。人冥想时喜欢望向窗外，忧思时也喜欢望向窗外。连无所事事心静如水时，都喜欢傻呆呆地坐在窗前望向外边。老人喜欢那样；小孩子喜欢那样；父母喜欢怀抱着娃娃那样；相爱的人喜欢彼此依偎着那样；学子喜欢靠窗的课位，住院患者喜欢靠窗的床位；列车、飞机、轮船、公共汽车靠窗的位子，一向是许多人所青睐的。

一言以蔽之。人眼之那么的喜欢望窗外。何以？窗外有"外边"耳。

对于人，世界是由两部分组成的。内心的一部分和外界的一部分。人对外界的感知越丰富，人的内心世界也便越豁达。通常情况下，大抵如此，反之，人心就渐渐地自闭了。而我们都知道，自闭是一种心理方面的病。

对于人，没有了"外边"，生命的价值也就降低了，低得连禽兽都不如了。试想，如果人一生下来，便被关在无窗无门的黑屋子里，纵然有门，却禁止出去，那么一个人和一条虫的生命有什么区别呢？即使每天供给着美食琼浆，那也不过如同一条寄生在奶油面包里的虫罢了。

即使活一千年一万年，那也不过是一条千年虫万年虫。

连监狱也有小窗。

那铁条坚铸的囚窗，体现着人对罪人的人道主义。囚窗外冰凉的水泥台上悠然落下一只鸽子，或一只蜻蜓；甚或，一只小小的甲虫——永远是电影或电视剧中令人心尖一疼的镜头。被囚的如果竟是好人，我们泪难禁也。业内人士每将那样的画面曰之为"煽情镜头"，但是他们忘了接着问一下自己，为什么类似的画面一再出现在电影或电视剧中，却仍有许多人的情绪那么容易被煽动的戚然？

无它。

普遍的人性感触而已。

在那一时刻，鸽子、蜻蜓、甲虫以及一片落叶、一瓣残花什么的，它们代表着"外边"，象征着所有"外边"的信息。

当一个人与"外边"的关系被完全隔绝了，对于人是非常糟糕的境况。虽然不像酷刑那般可怕，却肯定像失明失聪一样可悲。

据说，有的国家曾以此种方式惩罚罪犯或所谓"罪犯"——将其关入一间屋子：屋子的四壁、天花板、地板都是雪白的，或墨黑的。并且，是橡胶的，绝光，绝音。每日的饭和水，却是按时定量供给的。但尽管如此，短则月余，长则数月，十之七八的人也就疯掉或快疯掉了……

某次我乘晚间列车去别的城市，翌日九点抵达终点站，才六点多钟，卧铺车厢过道的每一窗前已都站着人了。而那是 T 字头特快列车，窗外飞奔而掠过的树木连成一道绿墙，列车似从狭长的绿色通道驶过。除了向后迅移的绿墙，其实看不到另外的什么。

然而那些人久久地伫立窗前，谁站累了，进入卧室去了，窗前的位置立刻被他人占据。进入卧室的，目光依然望向窗外，尽管窗外只不过仍是向后迅移的绿墙。我的回忆告诉我，那情形，是列车上司空见惯的……

天亮了，人的第一反应是望向窗外，急切地也罢，习惯地也罢，都是缘于人性本能。好比小海龟一破壳就本能地朝大海的方向爬去。

就一般人而言，眼睛看不到"外边"的时间，如果超过了一夜那么长，肯定情绪会烦躁起来的吧？而监狱之所以留有囚窗，其实是怕犯人集体发狂。日二十四时，夜仅八时，实在是"上苍"对人类的眷爱啊。如果忽然反过来，三分之二的时间成了夜晚，大多数人会神经错乱的吧？

眼为什么望向窗外？

因为心智想要达到比视野更宽广的地方。虽非人人有此自觉，但几乎人人有此本能。连此本能也无之人，是退化了的人。退化了的人，便谈不上所谓内省。

窗外是"外边"；外国是"外边"；宇宙也是外边。在列车上，"外边"是移动的大地；在飞机上，"外边"是天际天穹；在客轮上，"外边"是蓝色海洋……

人贵有自知之明，所以只能形容内心世界像大地，像海洋，像天空"一样"丰富多彩；"像"其意是差不多少。很少有什么人的内心世界被形容得比大地、比海洋、比天空"更"怎样。

外边的世界既然比内心之"世界"更精彩，人心怎能佯装不知？人眼又怎能不经常望向窗外？……

2009 年 8 月 31 日于北京

相见恨晚当如何？

　　罗伯特是《美国国家地理杂志》的摄影记者；它是世界著名的杂志，而罗伯特恰届知天命之年，属于衣食无忧事业有成的单身汉，并且还挺中意自己目前的单身生活。

　　他奉命拍摄一座百年铁桥——廊桥。于是他来到了一处自己从未踏足过的地方，借宿了某家农场。女主人叫弗朗西斯卡。每一个男人面对着她，都会立刻想到"女人四十一枝花"这一句话，然而她是一个言行谨束的女人，安于在小农场做本分的妻子和可敬的母亲，尽管浑身焕发着四十岁女人稳重而又美好的性感魅力，从未红杏出墙过。她的丈夫却是一个只知终日劳作，毫无意趣可言的男人，连他们的性生活也每是"例行公事"，质量不保，数量也渐次减少。无论站在女人的立场还是站在男人的立场，都难免会令人觉得弗朗西斯卡为那样的丈夫洁身自好似乎有点儿亏。至于弗朗西斯卡本人，她倒没那么觉得过，她认为是自己应该适应和习惯的。

　　由于一些自然而然发生的细节，叫罗伯特的这一男人和叫弗朗西斯卡的这一女人，相互吸引了。当夜，他们发生了性的关系，按时下的说法，叫"一夜情"。对于弗朗西斯卡，那是惊心动魄的体受，她的丈夫从未给予过她那么一种深刻的性体受。对于罗伯特，弗朗西斯卡又燃起了他对女人的激情，那激情已熄灭多年了。他忽然感到，自己五十岁以后的人生，是多么需要有一位弗朗西斯卡这样的女人为伴……

相见恨晚——他们的共同心情，共同遗憾。

但是第二天，弗朗西斯卡相当平静地对罗伯特说——如果不是考虑到自己对丈夫的公平和对儿子的责任，她会毫不犹豫地跟随罗伯特离开农场。但问题是，她考虑到了……

她这话很容易使我们联想到在《罗马假日》即将结束时，安妮公主对皇室人员们说的话："如果我不是考虑到了国家和家族的荣誉，我就不会回来了。"

相见恨晚的男人和女人只有依依惜别。

二十几年过去了，一个叫罗伯特的老男人的骨灰，被按照他的遗嘱葬在廊桥附近，那里是遥望小农场的最佳位置。

弗朗西斯卡和丈夫也相继去世了。他们的儿女从母亲保留私密信件的小匣中发现了罗伯特死前写给他们母亲的信；罗伯特的信中写着——从二十几年前离开小农场那一天起，他再也没亲近过女人。虽然对弗朗西斯卡的思念是那么的令他备受煎熬，但他相信，生前再也不出现在她面前，是爱她的最忠诚的方式……

上个世纪九十年代初，《廊桥遗梦》这一部薄薄的美国畅销小说，一经以中文版在中国大陆面世，便令许许多多女性大恸其心，泪湿书页。她们中有不少人和我讨论《廊桥遗梦》。她们比较共同的一个感受那就是——只要一生中被一个罗伯特那样的男人爱过，也就生而无憾了。更有的说，为了那么样的一夜情，付出什么都在所不惜。我也曾请教她们——罗伯特那样的一个男人，究竟有什么好呢？答曰：成为自己所爱的男人的唯一，是一切懂得爱情的女人的祈求。于是我明白了，她们感慨于一个女人在真爱与儿女责任之间所做出的巨大牺牲性抉择；而感动于一个男人爱一个女人爱到自虐般的程度……

依我想来，无论一个男人爱一个女人或一个女人爱一个男人，既不必爱到肉体上完全占有或完全属于，也不必爱到精神上那样子。那和真爱与否肯定有关系，但肯定不是绝对的关系。那么做到了的，固然爱得可歌可泣；做不到的，也未必意味着不珍惜真爱。比如《卡萨布兰卡》中的伊尔莎，误以为丈夫拉兹洛死了，因悲伤和孤独而投入同样是好人的力克的怀抱寻求温暖与保护，在时局险恶的时代，是多么正常多么可以理解的人性现象啊！

故我在当年写下了一些关于《廊桥遗梦》的杂感，大意是——美国女性因弗朗西斯卡而感动，意味着传统的家庭观念的复归；中国女性因罗伯特而感动，意味着传统的家庭观念的动摇……

最近我接待了一位美国书评家，讨论中美文艺现象时又谈到了《廊桥遗梦》，问美国男人们是怎么看那一通俗的畅销小说的？他说：我们也基本给予正面的评价。又问：因为家庭观念的复归？还是因为"曾经沧海难为水，除却巫山不是云"的爱情？

不料他回答：主要不是你说的这两点。我们书评人给予正面的评价，是因为小说所体现的人对人的那一种尊重。

见我大感不解，他又说：弗朗西斯卡要求罗伯特别再让自己看到他，而罗伯特答应了。这是相爱的男人对女人的承诺。罗伯特信守了这一承诺，用你们中国人的话说叫作"无怨无悔"。信守承诺，这是人与人的关系中最普世的一种原则。爱一个人首先要尊重那个人；尊重自己所爱的人的最起码的一条是，应该信守对自己所爱的人的承诺，只要那要求不是邪恶的……

问：罗伯特二十余年内再没亲近过任何一个女性，难道这一点……

美国书评家笑着摇头道：那正是通俗小说的写作伎俩。罗伯特后来身边女人不断，或再没有亲近过任何一个女性，都不重要。因人而异，不值得特别加以评论。爱只不过是两个人之间的事；信守承诺或不信守承诺，却是全社会都在乎的事情。如果《廊桥遗梦》没有罗伯特信守承诺的情节，那种以"一夜情"为基本内容的小说，根本就不值得书评家关注了……

我于是想到了"横看成岭侧成峰，远近高低各不同"两句诗，进而想到了我给学生们上的文学评论课，又由而想到了一名女生以不屑的口吻问我的话——"评论究竟有什么意义？"。

评论的意义乃在于，将许多别人明明看了却没看到的"东西"指出给别人看。有时这并不容易，因为上帝不独赐给谁慧眼，所以需要学习一些方法，如比较的方法、解构的方法、深入分析的方法等。所以，成为一种专业。

感激评论家！

否则某些人白长一双眼了，虽然不影响吃，不影响喝，不影响睡，不影响挣钱和花钱，不影响健康；但是，会使某一部分脑区退化。

比如弗朗西斯卡和罗伯特之间的关系，也许就是由于她的丈夫的某一部分脑区退化了而发生的……

让我们爱憎分明

让我们共同体验爱憎分明之为人的第一坦荡、第一潇洒、第一自然吧！

几经犹豫我才决定写下这一行题目。写时我的心里竟十分古怪——仿佛基督徒写下了什么亵渎上帝的字句。仿佛我心怀叵测，企图向世人散布很坏的想法。我能预料到某些人对这样一个题目的忐忑不安。他们大抵是些丧失了爱憎分明之勇气的人。这使我怜悯。我能预料到某些人对这样一个题目的不以为然乃至愤然。他们大抵是些毫无正义感的人。并且希望丑恶与美好混沌在我们的生活中。因为他们做人的原则以及选择的活法，更适应于丑恶而有违于美好。唯恐敢于爱憎分明的人多起来，比照出了自己心态的阴暗扭曲，甚至比照出了自己心态的邪狞。我不怜悯这样的人。我鄙夷这样的人。

世上之事，常属是非。人心倾向，便有善恶。善恶之分，则心之爱憎。爱憎分明之于人而言，实乃第一坦荡，第一潇洒，第一自然之品格。

古人云：审其所好恶，则其长短可知也。又云：民之所好，好之；民之所恶，恶之。

怎么的，现在，不少人，却像些皮囊里塞满稻草似的人？他们使你怀疑，胸腔内是否有我们谓之为"心"的器官，纵有，那也算是心吗？

男欢女爱之爱，他们倒是总在实践着。不但总在实践着，而且经验丰富。窃恨妒仇，也是从不放过体验机会的。不但自己体验，还要教唆别人。于是，污浊了我们的生活环境。在这些人看来世界大概是无是无非，无美无丑，无善无恶的。童叟仆跌于前，佯视而不见，绝不肯援一搀一扶之手，抬高腿跨过去罢了。妇妪呼救于后，竟充耳不闻，只当轻风一阵，何必"庸人自扰"？更有甚者，驻足"白相"，权作消遣。

苏格拉底说："有人自愿去作恶，或者去做他认为是恶的事。舍善而趋恶不是人类的本性。"

苏格拉底是对的吗？

帕斯卡尔说："我们中大多数人欲求恶。"又说："恶是容易的。其数目是无限的。"还说："某些人盲目地干坏事的时候，从来没有像他们是出自本性时干得那么淋漓尽致而又兴高采烈了。"

帕斯卡尔所指的是人类生活现象的一方面事实吗？

而屠格涅夫到晚年也产生了对人类及其生活的厌恶。他写了一篇优美如诗但情感色彩冷漠至极的散文——《山的对话》，就体现出了他的这种情绪。

当然我们不必去讨论苏格拉底和帕斯卡尔之间孰是孰非。人性本善抑或人性本恶早已是一世纪的命题。并且在以后的世纪必定还有思想家们继续进行苦苦的思想。

我要说，目前我们中国人的某些人，似乎也是一种"疾病"，可否叫作"爱憎丧失症"？

爱憎分明实在不是我们人类行为和观念的高级标准。只不过是低级的最起码的标准。但一切高尚包括一切所谓崇高，难道不是构建在我们人类德行和品格的这第一奠基石上吗？否则我们每个人的内心必将再无真诚可言。我们的词典中将无"敬"字。

中国人口占世界人口四分之一。如果我们中国人在心理素质方面成为优等民族，那么世界四分之一人类将是优秀的。反之，又将如何？

思想哲人告诫人类——对善恶的无动于衷是人类精神最可怕的堕落。

生物学家则告诫我们——一类物种的灭绝，必导致生态链条的断裂，进而形成对生态平衡的严重威胁和破坏。

人类绝不是首先因憎激发了爱的冲动、力量和热情。恰恰相反，是由于爱的需要才悟到了憎的权力。好的教养可以给予我们爱的原则。懂得了这一点才算懂得了爱的尺度，也就懂得什么是恶了，也就必然学会了怎样用我们的憎去反对、抵制和战胜恶了。

爱憎分明的人是我们人类不可缺的"物种"，是我们人类精神血液中的白血球，是细腰蜂，是七星瓢虫，是邪恶当前奋不顾身的勇敢的蚁兵。因了爱憎分明的人存在，才会使更多的人感到世上有正义，社会有良知，人间有进行道德监督和道德审判的所谓道德法庭。

我们中国人是很讲"中庸之道"的。但我们的老祖宗也留下了这么一句"遗嘱"——"道不同，不相为谋。"并指出——"物以类聚，人以群分"。

可是我们当代的有些人，似乎早把老祖宗"道不同，不相为谋"之"遗嘱"彻底忘记了，似乎早把"物以类聚，人以群分"这凭以自爱的起码的也差不多是最后的品格界线擦掉了。仅只恪守起"中庸之道"来。并且浅薄地将"中庸之道"嬗变为一团和气。于是中庸之士渐多。并经由他们，将自己的中庸推行为一种时髦。仿佛倡导了什么新生活运动，开创了什么新文明似的。于是我们不难看到这样的情形——原来应被"人以群分"的正常格局孤立起来的流氓、痞子、阴险小人、奸诈之徒以及一切行为不端品德不良居心叵测者，居然得以在我们的生活中招摇而来招摇而去，败坏和毒害我们的生活到了随心所欲的地步。所到之处定有一群群的中庸之士与他乘兴周旋逢场作戏握手拍肩一团和气。

我们常常希望有人拍案而起，厉曰："耻与尔等厮混！"

对这样的人，我们心中便生钦佩。

我们环顾左右，觉得这样做其实并不需要太大的勇气。然而我们当中有许多人唯恐落个"出头鸟"或"出头的椽子"之下场。于是我们自己便在一团和气之中，终究扮演了我们本不情愿扮演的角色。

更可悲的是，爱憎分明的人一旦表现出分明的爱憎，中庸之士们便会摆出中庸的嘴脸进行调和，我们缺乏勇气光明磊落地同样敢爱敢憎，却很善于在这种时候作乖学嗲。

我们谁有资格说自己从未这样过呢？

因而我觉得我们首先应该憎恶我们自己。憎恶我们自己的虚伪。憎恶我们已经染上了梅毒一样该诅咒的"爱憎丧失症"。

那么，便让我们从此爱憎分明起来吧！

将这一希望寄托在别人身上，莫如寄托在我们自己身上。倘你周围确实无人在这一点上值得你钦佩，你何不首先在这一点上给予自己以自己钦佩自己的资格呢？如果你确想做一个爱憎分明之人，的确开始这样做了。我认为你当然有自己钦佩自己的资格。你也当然应该这样认为。

以敢憎而与可憎较量。以敢爱而捍卫可爱。以与可憎之较量而镇压可憎之现象。以爱可爱之勇气而捍卫着可爱在我们的生活中发扬光大。让我们的生活中真善美多起来再多起来！让我们在我们每一个人的生活范围内，做一块盾，抵挡假丑恶对我们自己以及对生活的侵袭，同时做一支矛。让我们共同体验爱憎分明之为人的第一坦荡第一潇洒第一自然吧！其后，才是我们能否更多地领略人类之种种崇高和美好的问题……

解剖我的心灵

其实，依我想来，我们每一个人，都有若干机会，或曰若干时期，证明自己是一个心灵方面、人格方面的导师和教育家。区别在于，好的，不好的，甚而坏的，邪恶的。

我相信有人立刻就能领会我的意思，并赞同我的看法。会进一步指出，完全是这样——不过是在我们成为父亲或母亲之后。

这很对。但这非是我的主要的意思。

我的人生经验和教训告诉我——也许这世界上根本没有谁能够对我们施以终生的影响。根本没有谁能够对我们负起长久的责任。连对我们最具责任感的父母都不能够。正如我们做了父母，对自己的儿女也不能够一样，倘说确曾存在过能够对我们的心灵品质和人格品质的形成施以终生影响负起长久责任的某先生和某女士，那么他或她绝不会是别人。肯定的，乃是我们自己。

我们在我们是儿童的时候就已经开始教育我们自己了。

我们在我们是少年的时候，就已经开始怀疑甚至强烈排斥大人们对我们的教育了。处在那么一种年龄的我们自己，已经开始习惯于说："不，我认为……"了。我们正是从开始第一次这么说、这么想那一天起，自觉不自觉地进入了导师和教育家的角色。于是我们收下了我们"教育生涯"的第一个学生——我们自己。于是我们"师道尊严"起来，朝"绝对服从"这一方面培养我们的本能。于是我们更加防范别人，有时几乎是一切人，包括我们所敬爱的人们对我们的影响。如同一位导师不能容忍另一位导师对自己最心爱的弟子耳提面命一样……

我们在这样的心理过程中成为青年。这时我们对自己的"高等教育"已经临近结业。我们已经太像我们按照我们自己确定的"教育大纲"和自己编写的"教材"所预期的那一个男人或女人了。当然，我指的是心灵方面和人格方面。

四十多岁的我，看我自己和我周围人们的童年、少年和青年时期，仿佛翻阅了一册册"品行记录"。其上所载全是我们自己对自己的评语和希望。我的小学同学、中学同学、兵团知青战友，无论今天在社会地位坐标上显示出是怎样的人，其在心灵和人格方面的基本倾向，几乎全都一如当年。如果改变恐怕只有到了老年，因为老年时期是人的二番童年的重新开始。在这一点上，"返老还童"有普遍的意义。老年人，也许只有老年人，在临近生命终点的阶段，积一生几十年之反省的力量，才可能彻底否定自己对自己教育的失误。而中年人往往不能。中年人之大多数，几乎都可悲地执迷于早期自我教育的"原则"中东突西撞，无可奈其何。

童年的我曾是一个口吃得非常厉害的孩子，往往一句话说不出来，"啊啊呀呀"半天，憋红了脸还是说不出来。我常想我长大了可不能这样。父母为我犯愁却不知怎么办才好。我决定自己"拯救"我自己。这是一个漫长的"计划"。基本实现这一"计划"，我用了三十余年的时间。

少年时的我曾是一个爱撒谎的孩子，总企图靠谎话推掉我对某件错事的责任。

青年时期的我曾受过种种虚荣的不可抗拒的诱惑，而且嫉妒之心十分强烈。我常常竭力将虚荣心和嫉妒心成功地掩饰起来。每每的，也确实掩饰得很成功，但这成功却是拿虚伪换来的。

幸亏上帝在我的天性中赋予了一种细敏的羞耻感。靠了这一种羞耻感我才能够常常嫌恶自己。而我自己对自己的劣点的嫌恶，则从心灵的人格方面"拯救"了我自己。否则，我无法想象——一个少年时爱撒谎，青年时虚荣、嫉妒且虚伪的人，四十多岁的时候会成为一个怎样的男人。

所以，我对"自己教育自己"这句话深有领悟。它是我的人生信条之一。最主要的也是最重要的、首位的人生信条。

我想，"自己教育自己"，体现着人对自己的最大爱心，对自己的最高责任感。在这一点上，我们不能指望别人对我们比我们自己对自己更有义务。一个连这一种义务都丧失了的人，那么，便首先是一个连自己都不爱的人了。一个连自己都不爱的人，那么，他或她对异性的爱，其质量都肯定是低劣的。

我想，我们每个人生来都被赋予了一根具有威严性的"教鞭"。它是我们人类天性之中的羞耻感。它使我们区别于一切兽类和禽类。我们唯有靠了它才能够有效地对自己实施心灵和人格方面的教育。通常我们将它寄放在叫作"社会文明环境"的匣子里。它是有可能消退也有可能常新的一种奇异的东西。我们久不用它，它就消退了。我们常用它指斥自己的心灵，它便是常新的。每一次我们自己对自己的心灵的指斥，都会使我们的羞耻感变得更加细敏而不至于麻木，都会使它更具有权威性而不至于丧失。它的权威性是揿除我们心灵里假丑恶的最好的工具，如果我们长久地将它寄存在"社会文明环境"这个匣子里不用，那么它过不了多久便会烂掉。因为那"匣子"本身，永远不是纯洁的真空。

我对自己的心灵进行"自我教育"的时间，肯定地将比我用意志校正自己口吃的时间长得多，因为我现在还在这样。但其"成果"，则比我校正自己口吃的"成果"相差甚远。在四十五岁的我的内心里，仍有许多腌腌臜臜的东西及某些丑陋的"寄生虫"。我的人格的另一面，依然是偏狭的，嫉名妒利的，暗求虚荣的，乃至无可奈何地虚伪着的。还有在别人遭到挫败时的卑劣的幸灾乐祸和快感。

有人肯定会认为像我这样活着太累。其实我的体会恰恰相反。内心里多一分真善美，我对自己的满意便增加一层。这带给我的更是愉悦。内心里多一分假丑恶，我对自己的不满意、沮丧、嫌恶乃至厌恶也便增加一层。人连对自己都不满意的时候还能满意谁满意什么？人连对自己都很厌恶的话又哪有什么美好的人生时光可言？

至今我仍是一个活在"好人山"之山脚下的人。仍是一个活在"坏人坑"之坑边上的人。在"山脚下"和"坑边上"两者之间，我手执人的羞耻感这一根"教鞭"，比以往任何时候都更加"师道尊严"地教诲我自己这一个"学生"。我深知我不是在"坑"内而是在"坑"边上，所幸全在于此。因为，从童年到少年到青年到现在，我受过的欺骗、遭到过的算计、陷害和突然袭击，多少次完全可能使我脚跟不稳身子一晃，索性栽入"坏人坑"里索性坏起来算。在兵团、在大学、在京都文坛，有几次陷害和袭击，对我的来势几乎是置于死地的。

可我至今仍活在"好人山"脚下，有时细想想，这真不容易啊！

每个人的心灵都是一处院落。在未来的日子里，有许多人将会教给我们许多谋生的技艺和与人周旋的技巧。但为我们的心灵充当园丁的人，将很少很少。羞耻感这根人借以自己教诲自己的"教鞭"，正大批地消退着，或者腐烂着。

朋友，如果你是爱自己的，如果你和我一样，存在于"山"之脚下和"坑"之边上，那么，执起"教鞭"吧……

第二辑　人性薄处的记忆

先生之风，山高水长

——纪念张澜先生诞辰一百三十周年

朱德、罗瑞卿都以曾是先生的学生而为其荣

> 人不可以不自爱，
>
> 人不可以不自修，
>
> 人不可以不自尊，
>
> 人不可以不自强，
>
> 而人断不可以自欺。

以上五句话，乃张澜先生一九四二年写下的，先生时年七十岁。他将这五句话概括为"四勉一戒"。是对自己的，是对儿女的，也是对当时中国青年一代的。人总是要有一点儿精神的。何谓"有一点儿精神"？我想，便是人应该自己对自己有种要求，有种原则吧。人到了七十岁的时候，还仍然有必要自己对自己有种要求，有种原则吗？

同意也罢，不同意也罢，总而言之，到了七十岁的时候，还仍然

自己对自己有要求，还仍然一以贯之地恪守做人原则的人，古今中外，确乎是有的。

如张澜先生。

所以，朱德、罗瑞卿，都以曾是张澜先生的学生而为其荣。所以，毛泽东在天安门城楼上发自内心地对张澜说：表老，你的德很好啊，你是与日俱进啊！

然而，张澜先生，却并非什么职业的道德家。他首先是一位伟大的爱国者。首先是一位刚直不阿一往无前地推动中国民主进程的先驱。首先是中国近现代史上著名的民主革命家。中国近现代史，因为有了张澜这一个重要的名字，其政治的篇章而更加云涌星驰，多姿多彩。

夫人、老母仍在家乡过着农家生活

那么，让我们来领略一下张澜先生的一生吧！

留日时期的青年张澜，曾公开在同学中倡议敦促慈禧退位，因而被晚清当局视为"康梁党羽"。

十九世纪末，诸列强国加紧了对中国铁路修筑权的争夺，收回和捍卫铁路主权成为中国人民挽救民族危亡的一项重要内容，因而四川人民掀起了震惊中外的"保路风潮"。事关民族利益、人民利益，张澜先生以一介布衣知识分子而义无反顾、振臂疾呼，英勇挺身于"保路"前列。枪口相向而面不改色，大刀横颈而志不可夺。

他是当时幸而未死的谭嗣同。

他是当时知识者中的一位林祥谦。

他是当时四川百姓的一位施洋大律师。

他是当时的一秉闻一多式的红烛，照亮着老百姓无助的心。只不过老百姓及时用千千万万双手护住了那样一秉红烛的光耀，使反动当局虽囚禁了他，却慑于人民的愤怒，终未敢将屠刀向他砍下……

其后，张澜先生之一生，便奉献给了当时中国这个千疮百孔民不聊生的颓败国家。为了她的复兴与前途，无怨无悔。

所以，当一九四九年中华人民共和国成立那一天，他以新中国的国家副主席及"民盟"创始人的身份，欣喜地站立在天安门城楼上，站立在毛泽东和周恩来之间。

张澜先生身居高位，并非从一九四九年开始，他曾任晚清政府的川北宣尉史，曾任民国时期的四川省省长。用张澜足以安四川，这一点是反动如段祺瑞者也十分明白的。张澜先生却从不为高位所惑，只当重权是全心全意为百姓服务的前提。鞠躬尽瘁，死而后已。主政期间，家贫如故。夫人老母及一概亲人，仍在家乡过着日出而作、日落而息的农家生活。其四弟曾请求在他的政府机关中谋一低职，遭断然拒绝，谆谆相劝道："我不能任用亲人，你在家中务农并奉养老母亲最好。"

当时南充军阀石青阳欲倒张澜，曾派人乔装暗访其家，但见"环堵萧然，一屋空空，家人庵居素食，无可窃物"。暗访者以实相告，石叹曰："川北圣人之誉，名不虚传也。"其高风亮节，连政敌亦无不钦然。

张澜先生的母亲逝世时，先生不在榻前。

老母留下遗言：我劳累一辈子，没给儿孙留下半间房，半分地，还死在别人的屋子里。望儿无论如何要积点儿钱，置点儿业，就算是我留下的祖业吧，我死了也才心安。

先生因泣曰：母亲清醒时，想来老人家是绝不会叫我顾私的。家中曾有过的一点儿祖业，竟也被我卖掉，周济了穷人。母亲的遗嘱，我实难做到啊！看来，我将永远不是一个孝子了！

一次次拒绝了为他安排的住宅

被选为新中国国家副主席后的张澜先生，为着工作的需要，不得不将夫人及儿女从四川迁到北京。张澜先生，一次次拒绝了国家为他安排的住宅。在他看来，那些院子委实太大了，房屋也委实太好了。后来，他亲自选择，终于合家团聚在一处小小的旧陋的宅院里。

十月一日的前几天，按照周恩来的亲自指示，有关方面拨了一笔服装费，希望张澜先生能一身簇新地出现在天安门城楼。张澜先生婉言退回。他说："国家的钱，即人民的钱，我怎么可以用来做了长袍穿在自己身上。但总理的考虑是对的，我将保证着新装与民同庆。"于是，他自己出钱，赶制了一件布的长衫，罩在旧棉衫之外。张澜先生，还是位卓越的教育家。中国现代史上诸多名人受业于张澜名下。杰出的社会学家费孝通先生，曾亲自聆听过张澜先生演讲。其社会学思想，深受张澜先生爱国济民思想的影响。

张澜先生任四川顺天府官立中学堂正教习兼教务长时，大简接待礼仪。知县到校视察，也仅在客厅备茶款待。随从护丁，一律不得进入校园，以保障校园清肃秩序。

有所谓"饱学之士"，反对张澜先生之新教育思想，当街贴出一副对联辱骂与影射。学生中激愤者，亦七言八语凑成对联，粗语相讥，夜半贴在对方家门上。

张澜先生得知后，正色教诲道："评价人物，须当心安理达，恰如其分。虽视面言之，亦能折服。不可涉于刻薄谩骂，更不可堕于庸俗。

你等乃未来国家知识者，或如我，以教书育人为业，断不可贱学攻讦，沦于痞邪。"

神情庄默，未发一言

当梁漱溟遭至毛泽东的严厉批判，当面斥曰"反动透顶，一贯反动"时，张澜先生是在场一人。神情庄默，未发一言。翌日，上书毛泽东，坦言批评毛泽东的不冷静，并代梁申辩反动透顶，一贯反动；其言重矣，其论失公正矣。

毛泽东竟不再重提。

先生病中仍十分牵挂祖国的统一大业，发表《任何威胁不能动摇中国人民解放台湾的决心》之声明。痛斥国际上当时形成的企图永远使台湾独立于中国的反华势力。

> 潼关书到问亲安，有子出征已二年。
> 贫困可怜遗一老，犹须日交杂税捐。
> 裁锦绣罗丽绝伦，纷纷装束斗时新。
> 可怜北道贫家女，尚有经冬无裤人。

以上是张澜先生身为民国四川省长视察穷困地区时所作诗词，其对百姓的怜爱之情，读来令人肃然，有杜甫诗词之悲风哀韵。今年是张澜先生诞辰一百三十周年。作为"民盟"之一员，虔成此文以敬颂。先生之"四勉一戒"，定当引为余生之铭。先生之"四勉一戒"，细思忖之，又何尝不是我中华民族、我泱泱大国之精神的鞭策！

沉思闻一多

多么异常呵，想到一位写了那么多好诗的诗人，首先想到的竟不是他的诗，而是他的死！

他那些如丝一样缠绵，如泉一样明澈，如花一样美丽，如火一样热烈，如瀑布一样激情悬泻，如儿童的哭诉一样打动人心的诗呵——在诗人死后五十六年的这一个夏季，在一个安静的中午，我首先想到的竟不是他的诗，而是他鲜血溅流的死！

斯时亮丽的阳光，洒在他的诗集，和他厚厚的年谱上。

而诗人的死，竟是因为——他不但爱诗，而且，像爱诗一样爱我们的国！

多么压抑呵，想到闻一多，首先想到的竟不是他的才华，不是他的学者气质、教授风范，甚至也不是他那为我们后人所极为熟悉的，嘴角叼着烟斗忧郁地思考着的样子，而是他付出了生命代价的拍案而起！

就因为他的拍案而起，他就成了敌人——成了他所处的时代的特务们的敌人！成了特务们背后的戴笠们的敌人！成了戴笠们背后的蒋介石们的敌人！进而成了整个独裁统治机器的敌人！

而诗人竟也就索性倔然傲然地，以自己是一个敌人的姿态，挺立在他的立场上无所畏惧地挑战了：

"今天，这里有没有特务！你站出来，是好汉的站出来！你出来讲！凭什么要杀死李先生！……"

"前脚跨出大门，后脚就不准备再跨进大门！"

而诗人原本是那么的善良，那么的主张平和，那么的对世界充满了理想主义的憧憬；连是诗人，也曾是一位打算一生"为艺术而艺术"的"新月派"的诗人，即使面对专制得特别黑暗的现实，也不过仅仅将他的一捧捧悲愤揉入他的诗句里……

这样的一位近代诗人惨遭杀害，那么古代的诗人杜甫也就合当被砍头了！

然而杜甫却并非死于非命。

然而闻一多却被子弹像射击敌人一样地杀害了，而且是卑鄙的背后射击。

想来，那样的一种时代，它确乎的已走进了尽头。

想来，那样的一种独裁统治，它确乎的已该灭亡。

想来，一种连抒情诗人也被逼得变成了斗士的时代和政治，肯定是一种坏到了极点的时代和坏到了极点的政治。虽然它本身坏到了那样一种程度，是由于诸多内外矛盾的冲撞导致的结果。虽然在那样一种情况之下，连诗人也变成了斗士，往往意味着是历史的决定。正如普罗米修斯的盗火，是由于听到了人间的呼救之声。

想来，一种好的时代和政治，它似乎应该是没有什么斗士的时代。那时诗人只爱诗不再是逃避现实的选择。那时诗人只爱诗也即意味着爱国。那时诗即诗人的国。而且不被误解。

那时如闻一多一样的诗人，将以另外的一颗心灵感觉着《红烛》；将以另外的一双眼睛注视着他的《发现》。

想来，尽管我们后人将诗人之死祭在肃然起敬的坛上；尽管诗人当得起我们后人永远的缅怀和纪念；尽管我们永远称颂诗人的无所畏惧——但是一想到诗人被特务的子弹所射杀这一种事情，我们还是会不禁地一阵阵心痛啊！正如闻一多是那样地心痛李公朴的死。正如李公朴们是那样地心痛万千底层百姓的挣扎着的生存……

多么自然呵，在首先想到诗人的死之后，我更感动于他的《红烛》了；我也更理解他的《发现》了，更能体会到他面对《死水》的喟叹了，更能以珍惜的心情看待他那些极浪漫极抒情的诗篇了。由那么纯粹的浪漫和抒情到《发现》的如梦初醒到面对《死水》的嫌恶，该是何等痛苦的一个过程啊！如果这过程反过来，无论对诗人还是对一个国家，该是多么值得庆幸的事啊！中国为此，成了世界近代史上付出生命代价最最巨大的一个国家。而尤以诗人闻一多的死，在当时最震骇了它。

因为诗人只不过对暗杀的行径，表达了他作为一个国人终于难以遏制的愤慨。

> 红烛啊！
> 这样红的烛！
> 诗人啊，
> 吐出你的心来比比。
> 可是一般颜色？

写出这样诗句的诗人，仿佛早已预示下了，他将为他爱诗般爱着的国，溅淌出比红烛的颜色更红的鲜血……

我来了，我喊一声，迸着血泪，
"这不是我的中华，不对，不对！"
我来了，因为我听见你叫我；
鞭着时间的罡风，擎一把火，
我来了，不知道是一场空喜。
…………
那不是你，不是我的心爱！
我追问青天，逼迫八面的风，
我问，拳头擂着大地的赤胸，
总问不出消息；我喊着叫你，
呕出一颗心来，——在我心里！

  写出这样诗句的诗人，分明的已在宣告着，他为着他的国，是肯于连地狱也下的。一切诗人之所以是诗人，皆发乎于对诗的爱。却并非所有爱诗的诗人都同时爱国。有的诗人仅仅爱诗而已，通过爱诗这一件事而更充分地爱自己；或兼及而爱自然，而爱女人，而爱美酒……这样的诗人，永远都是任何一个时代所不伤害的，甚至是恩宠有加的。这样的诗人的命况永远是比较安全的。即使沦落，也起码是安全的。有的诗人，却被时代所选择了去用诗唤醒大众和民族。他们之成为斗士，乃是不由自主的责任。因为他们之作为诗人，几乎天生的已有别于别的诗人。当他们感觉他们的诗已缺乏斗士摧枯拉朽的力量，他们就只有以诗人之躯，拼着搭赔上他们的鲜血和生命了。
  相对于一个国家，如爱诗爱自然爱女人一般爱国的诗人，都有着诗人的大诗心。
  相对于我们的世界，如爱诗爱自然爱女人一般用诗鼓呼和平的诗人，都是更值得世界心怀敬意的。在他们的诗面前，在他们那样的诗人面前。

台湾有一位诗人叫羊令野，他写过一首咏叹红叶的诗：

> 我是裸着脉络来的，
> 唱着最后一首秋歌的，
> 捧着一掌血的落叶啊！
> 我将归向，我最初萌芽的土地……

闻一多，一九四六年的中国之一片"捧着一掌血的落叶"！一支迎着罡风奋不顾身地点燃了自己于是骤然熄灭的红烛！

他原本是"裸着脉络"为诗而来到世界上的，却为他的国的民主和伸张政治之正义，而握着自己的血归于他"最初萌芽的土地"。那土地一九四六年千疮百孔。

在世界近代史上，他是唯一一位被子弹从背后卑鄙地射杀的诗人。

虽然我们想到他时，首先想到的是他的死，其后才是他的诗——却也正因为这样，他的诗浸着和红烛一样红的血色，渲透了文学的史，染红了叫作"中华人民共和国"的一个新国家之诞生的生命史。……

闻一多这个名字因而本身具有了交于一切诗的诗性……

时常想起方志敏

是的，时常想起方志敏，想起他的《可爱的中国》——他在狱中写的《可爱的中国》。

我在小学五年级时知道了方志敏这个名字，语文课本中有他的《囚歌》，并且配有他的一幅照片——修长的身材，消瘦的脸，头发很厚，两颊有胡楂，目光镇定而又坚贞，脚和手都戴着镣铐……那是典型的志士囚的形象。

后来，长大了的我发现，画家们所画的苏武、文天祥、屈原，基本都是那么一种形象。徐悲鸿的《八百壮士》，个个都有那样的脸和那样的目光。赵丹所饰演的《在烈火中永生》中的许云峰，更是像极了照片上的方志敏。少年时期的我，还收藏过一幅俄罗斯画家的油画《拒绝忏悔》，其上就义前的俄国革命者，也有那样的脸和那样的目光。

任何与人发生既长久又密切之关系的事情，几乎全可使人形成独特气质，革命尤其如此。依我想来，在十八九世纪的俄国和法国，也许只有民主主义革命者的眼里，才具有镇定又坚贞的目光。除了他们，另外还有什么别种男人的眼里，会有那样的目光呢？他男人的精神的告白，即：

> 威武不能屈，
> 富贵不能淫，
> 贫贱不能移……

> 生命诚可贵，
> 爱情价更高，
> 若为真理故，
> 两者皆可抛。

曾有翻译家予以纠正，指出裴氏原诗中是"若为自由故"；正如有翻译家指出，俄罗斯民歌中"你看那匹可怜的老马"一句，其实应为"你看那可怜的姑娘"。究竟是否真的都是错误，我至今也不清楚。但相对于裴氏的诗，即使确是错译，我也还是宁愿将错就错，更接受那错了的译句。尽管，"真理"二字太空洞了，不像自由那么容易理解。但所谓"真理"，却肯定是包含着自由的。无自由，孰宁死，那么真理也便没了意义。

> 为人进出的门紧锁着，
> 为狗爬出的洞敞开着，
> 一个声音高叫着，
> 爬出来吧，给你自由！
> 我渴望自由，

但我深深地知道——

人的身躯怎能从狗洞子里爬出？

…………

读这样的诗，于是不需要老师解释"浩然正气"一词了……

记得语文老师还讲了这样一则关于方志敏的故事：他被俘虏时，国民党的两名士兵看出他是共产党的大官，希望从他身上搜出金银珠宝，却仅得两枚大洋。不甘心，逼问他将金银珠宝藏在哪儿了。方志敏冷笑道："不要异想天开，革命者不是为了金银珠宝才革命的，我的军饷并不比我的士兵们多……"

语文课堂一片肃然。上中学以后，从校图书馆借了一册《可爱的中国》；字大、书薄，算编者写的方志敏生平才五万多字。方志敏在《可爱的中国》中，将我们的中国比作儿女众多的母亲，将侵华的帝国主义列强比作恶魔。

恶魔们用它们的刀，在母亲的身体上砍出伤口。把各式各样粗粗细细的管子，从那些伤口插到母亲的身体里，争先恐后地贪婪地吸吮母亲的乳汁、血液和膏脂……它们还不肯罢休，还要生生地砍下母亲的手臂和腿足，打算将母亲彻底肢解……同胞们，我们母亲的儿女们，救救我们的母亲呀！……

如果有谁今天仍保留有《可爱的中国》这篇文章并且重读的话，那么一定会从中看到以上一段文字的。我不敢说烙印在我十三岁时的头脑里的记忆一定句句准确，岁月总是会冲淡许多记忆，哪怕是很深刻的记忆。但是我敢发誓，那段文字肯定不是我的头脑臆生出来的……

而我现在之所以时常想起方志敏，乃因有人仍在我们祖国母亲的身体上弄出许多或深或浅或大或小的伤口来，仍把各式各样粗粗细细的管子从那些伤口插到母亲的身体里，仍偷偷摸摸甚至明目张胆地，贪婪地吸吮母亲的乳汁、血液和膏脂……

那些家伙，已不再是帝国主义列强分子。他们是我们中国人。和我们一样，他们也是我们祖国母亲的儿孙们。和我们不一样的是，他们对我们的祖国母亲毫无亲情可言，只拿她当成自己财富链上的"阿里巴巴的山洞"。他们对自己的同胞，像以前的外国资本家雇用的监工对我们的同胞一样凶恶……

我们祖国的有些地方，被他们弄得千疮百孔。为了钱，对于我们的祖国母亲，对于自己的同胞，他们是什么可恶之事都干得出来的。比如一起起的"黑煤矿""黑砖窑"事件……比如某些"豆腐渣工程"造成的伤亡惨剧……比如一处处环境破坏环境污染给国家给百姓造成的严重危害……他们可是我们中国人中的人啊！夫复何言？夫复何言！每当我想起方志敏时，我的心也会像当年的方志敏在狱中写《可爱的中国》时那么猛烈地疼一下。

我当然不在狱中。我是改革开放的既得利益者。我也明明白白——相比于中国改革开放的伟大成果，那些负面现象绝不是中国发展过程的主流现象。

但，我的心还是会疼一下。有时疼得很猛烈，有时也不仅仅微疼一下。还有时连微疼也不疼——我的心。比如报载，某市（只不过一地级小市），因颁发了公款只许吃不许喝（酒）的公务员纪律，一年就节省了四千三百余万元的行政费用……这还只不过是不许喝（恐怕也只不过是不许名正言顺地用公款喝罢了）。比如报载，区区一个县，居然有二十六位之多的副县长！比如报载，满打满算十二个公务员的县一级单位，却要盖两千余平方米的大办公楼……比如报载，某县局以上干部，人人在县城以外都拥有三百平方米以上的豪华别墅，而那个县还是经济次发达省份的贫困县……

近日，《人民日报》载有一篇文章是《增强"信息透明"的承受力》。学习之后，我的心，将更不容易再有什么疼的感觉了。但，还是禁不住偶尔想起方志敏……

复黄益庸

——生活、知识、责任

黄益庸老师：

读到了您写给我的信。衷心感谢您对我的创作表达出真诚的关心。我并不仅仅把您的信看成是写给我个人的。这封信那么诚挚地体现了文学界一代人对另一代人的勉励、期望和告诫。我们的文学事业是多么需要这种关心！但愿我们的文学事业能够一代接替一代，一代超过一代！

我在创作心理上至今不能克服一种自卑感。我的许多平庸之作都是在对自己的平庸要求下"生产"的。现在标尺提高了，创作对我来说，比以前难得多了。因此我才感到"底气不足，文学基本功不足"。我要开始"积蓄实力"。

"好高骛远"的同时也要有点"自知之明"。《……土地》虽有激情，但不够成熟。《西郊一条街》似乎老练，但有很明显的模仿痕迹。两篇作品虽然受到您和某些读者的好评，其实不能说明我的整个创作水平。

我的三十几个短篇用您的话说，"在质量上颇见悬殊"；用我自己的话说，"贫瘠的土地上偶然生长出一两株有点价值的植物"。和许多青年作家相比，我绝不是一个有创作才能的人。唯一自慰的是，我还算刻苦，还算认真。我要以我的刻苦和认真，突破我自己现有的创作水平，或曰"超过自己"。

王蒙同志提出作家学者化的问题，我是很看重他提出的这个问题的。车尔尼雪夫斯基说："要使人成为真正有教养的人，必须具备三个品质：渊博的知识，思维的习惯和高尚的情操。"我们的古人朱熹也说过："博学之，审问之，慎思之，明辨之，笃行之。"两位学者兼思想家，诞生在不同的国度，历史年代相距远矣，却说出了那么贴近的话！这是发人深思的。

我认为，作家的学者化，这是当代和今后我们的文学事业对作家的并不算苛刻的要求。我们的许多作家和作者，是开始意识到了学者化的问题的。您在信中提到："杰出的作家对社会问题的敏感，往往不下于政治家和社会学家。"缺少广博的社会知识及生活知识，就不会有对社会问题及生活问题的敏感，也就难以产生创作欲望和冲动。

我是一个知识浅薄的人，在生活中我是个乏味的人。爱好极少，一切体育运动从小概少参加，只在大学里打过羽毛球。音乐知识几乎等于零，至今不识简谱。唯独对美术较为喜爱，但也仅仅是一般的喜爱，谈不到鉴赏。偶尔也翻翻医书，和我身体不好有关。对美术的欣赏爱好使我在创作中比较注意情境。医学常识曾为我提供过创作中的细节。作家大可不必附庸风雅，但多才多艺必对创作有益。尤其美术和音乐，与文学是有相通之处的。我是个"科盲"，科学知识也许才能达到小学六年级水平。我想我必须由一个知识偏狭而浅薄的人变成一个知识丰富些的人。凡有所学，皆成性格，皆成文章。

我同样看重深入生活的问题。诚然，每一个人都在生活之中，但每一个人的生活都有局限。作家反映生活的能力有很大的可塑性。只要有条件，有机会，深入生活是好事。对深入生活问题采取不屑一顾的态度，我以为起码是不明智的。当然，作家对哪一方面的社会生活发生兴趣，毫无疑问应当有自由抉择的权利。我们的时代，需要有反映各方面生活的文学和作家。

我目前很有点"作茧自缚"的味道。家——办公室，都在北影院内。两点成一线，规范了我的日常活动。我不熟悉当代农民，不熟悉当代工人，不熟悉当代知识分子，不熟悉当代一般市民，甚至也不熟悉当代二十至二十五岁之间的青年，更不熟悉当代干部阶层的生活。我只熟悉和我有过共同经历的当代"老青年"。而且熟悉的是他们——其实也是我自己的过去，对于他们的现在同样所知有限。

每个作家和作者都应有自己的创作"园林"。我的创作"园林"小得有点可怜。何况我对自己拥有的这片"园林"并不善"经营"，不是"厚积薄发"，而是"坐吃山空""乱砍滥伐"……因此深入生活的问题对我来说是重要的，也是迫切的。

文学家应当是热爱生活的人，如海洋学家热爱海洋。文学不是排遣或平衡自我心灵世界的游戏。也许有人是这样开始创作的，但我相信，当其成为严肃的作家之后，必会对自己的创作初衷加以否定。不但文学如此，科学亦然。据我所知，几何学在西方始于宫廷中的智力游戏，但真正的几何学家并非那些始终视几何学为"智力游戏"的人们。文学反映时代，这提法永不会错，也永不会过时。关键在于，作家要对时代作出真正文学性的反映。能否正确认识和解释时代是一回事，能否真正用文学反映时代是另一回事。这也就是作家与政治家、社会学家们的区别。

我不会去走"背对生活，面向内心"的创作道路。我深知自己的内心并不那么丰富，那里面空旷得很。我想，知识丰富、生活积累丰富的作家，其内心世界也必然丰富。丰富的内心世界，其实是包容着丰富的生活"元素"的，作家借此才可以产生丰富的艺术想象。内心世界宏大而丰富的作家，是绝不可能"背对生活"的。

大雕塑家罗丹认为，艺术的创作和欣赏首先是一种"精神的愉快"。他同时认为："但这不仅仅是精神愉快的问题，还有比这个更重要的。艺术向人们揭示人类之所以存在的问题：它指出人生的意义，使他们明白自己的命运和应走的方向。""艺术家给予人的教诲，内容是非常丰富的。""艺术所包含的思想，总还是要渗入到广大群众中去。"罗丹的这些艺术思想，表达了一个伟大资产阶级艺术家对社会的起码的责任感。我们对艺术的认识，当不应在罗丹之下。

对于这个问题，青年作家韩少功有些话说得极好。他说："有些文学朋友，以为'自我'是与生俱来的，对客观和现实毫无兴趣，似乎学习理论和了解实际都是庸人勾当，唯闭门玄思和静心得悟才能找到'自我'，才能体会到一种神秘而神圣的'天赋'存在……满足于在作品中痛苦地哀婉地抒发自己之私情，那么我们可以借用莱蒙托夫的诗回答：'你痛苦不痛苦，与我们有什么关系？'"

我是赞同少功的，他的话代表着我在这个问题上的观点，虽然觉得借用莱蒙托夫的诗，未免有点尖刻。

以为只有从"自我"中才能寻找到文学的"永恒价值"，这种观点貌似高深，实为浅薄。我认为，用"永恒"这个词谈论一部文学作品的价值并不恰当。也许"长久"两个字更为科学、更为准确。既曰"长久"，就意味着总会消衰。作品无论怎样辉煌、怎样伟大，也绝不可能与历史进程同终。只有文学本身才可能永恒地伴随着人类的历史。试问，中外哪一部伟大古典作品的艺术力量，不在历史的发展中削弱着时代的意义？时代意义的削弱，意味着一部作品的影响将在现实生活中淡薄，最终"归隐"到文学史上，载入史册，可谓"永恒"。但史毕竟是供人研究的，不是供人欣赏的。作品固然可以"传世"，可也别忘了，我们后人在阅读、评价这些"传世"之作时，不是从来都要高度赞誉它们在当时的影响吗？只要我们能够用一点历史学家的眼光和头脑去看待、去思考诱惑人的"永恒"问题，就不会那么偏执那么盲目地去追求所谓文学的"永恒价值"了。"传世之作"从来就不是那些漠视他所处的时代，而一心要写出"传世之作"的作家写出来的。身在当代，而企图超然于当代，向往着在遥远的未来获得"永恒"，那不有点显得可笑吗？对专执此念的文学朋友，我借贝尔纳的一句话说："过于相信自己的理论或设想的人，不仅不适于作出新发现，而且会做很坏的观察。"

导致某些作者走"背对生活，面向内心"的消极创作道路的原因究竟在哪里？我想，其一，是否因为"左"的文学思潮还没有彻底肃清，仍限制着某些作者的创作，因而使他们对文学的时代任务丧失信心，转而"背对生活，面向内心"？其二，是否也由于一些作者盲目接受了西方资产阶级文学思潮的影响呢？这一问题，我还想得不太清楚，得便幸望有以教之。

回信够长的了。就此打住吧！

祝您身体好！再次对您的关心表示感谢！

梁晓声

人间自有温情在

　　两年前有一陌生青年叩开我家门。

　　我一坐定就跟我谈人心之不古，以及世道的险恶。

　　随后就谈"他人皆地狱"，一副视他人全是仇敌的样子。那是一种很激愤的样子，似乎他已活了好几百年，打从人心很古的时代活过来的，所以对人心之不古特别地痛心疾首。又似乎终于认清了一条真理，认清了宇宙间唯一的一条真理。这一条真理便是"他人皆地狱"。

　　大抵真理总有根据支撑着。

　　他说人都是极端自私的东西。

　　他说"人不为己天诛地灭"这句话再正确不过了。

　　他说他从他的生活经历中总结出了几条生活经验。其中一条便是——即使对那些热忱帮助你的人，你心里也须防着他。并且时刻问自己——他帮助你图的什么？倘你是女性，那么对方一定有男人的非分之想无疑，倘你正在落魄之际，那么对方一定早已想好了，在你发达之后，向你勒索怎样的报答。所谓"无利不起早"。

我问他来找我干什么？是不是就为耳提面命的，对我进行这样一番"再教育"？

　　他这才从他的包里取出一个沉甸甸的大信封。说内中装着他的手稿，三十余万字。说要求我给看看。要求在三天内看完。说要求我推荐给某大型文学刊物。

　　我说："'他人皆地狱'——这是你信奉的真理。那么我对你来说，地狱也。你找你的地狱帮忙，岂不是太冒险的事吗？'人不为己天诛地灭'——也是你信奉的。我呢，尽管原先不太信，现在却已被你开导得有些信了。你找上我家门，要求我这，要求我那，可我也是人呵。我也是极端自私的东西呵。我帮助你我能图着什么呢？若我什么都图不着，我不是无利而起早吗？我何苦来着？我已生着病，躺在床上看看书不好吗？"

　　他说："算咱俩合作。算咱俩合作还不行吗？"——不惜血本大牺牲的口吻。

　　我说："我还是不能帮助你。也根本不想帮助你。因为你对我来说，也是地狱呵。我帮助地狱，也是太冒险的事呵，恩将仇报的人很多。我怎么敢设想你绝不是那种人？"

　　他信誓旦旦地说："请你一定相信我，我要是恩将仇报，天打五雷轰！"

　　我说："你发誓也没有。你发再重的誓也不能使我相信地狱不是地狱。"

　　他瞪大了眼睛瞅我，愣愣地呆在那儿。

　　看他那样儿，忍不住的，我就笑了。

　　我的话尽是调侃之词罢了。我并不跟他那么认真。倘我认真起来，兴许会把他赶出家门。一张口闭口"他人皆地狱"，而又以一种似乎应该的口吻求于他人的人，是讨厌的。除非他所面对的是神父、教士、修女。而我与神无缘。和生活中的大多数人一样，涵养有点也有限。只能做到以凡人的情绪来对凡人的心态。

我没打从人心很古世淳醇厚的年代活过。果有那样的年代，自然是很令人缅怀过去。我的童年和少年是在很穷很苦的生活中度过的。也同时品尝过那些年代人心和世风对穷人的不古。当然那时在我看来，生活远比现在单纯得多。单纯并不意味着就是美妙。未成年的人对生活的感受无疑是幼稚的。因为他能和生活摩擦到哪儿去呢？又能和他人摩擦到哪儿去呢？如今我们从许多回忆文章中都能看出，当年大人们之心并不古。非但不古，且彼此互为地狱的情况不少。后来"文化大革命"的发生证明了这一点。

所以我想说，世道从来不曾古过。人心呢？我看也从来不曾。

但是不古的世道，一向自有人间的温情存在。正如不古的人心，彻底变成地狱是例外的绝望。尼采说过的偏激的话，并不比任何一位哲学家说过的偏激的话少。而哲学家大抵一开始都是以偏激企图匡正什么谬误的。

有这样一则儿童寓言，始终指导我认识生活真谛。

它讲的是——一个孩子，救了一个小精灵。小精灵答应他，可以满足他的三个愿望。

于是孩子大声说："让所有欺骗过他人的人都变成石头吧！"

结果一切人瞬间变成了石头。世界凝固了。孩子感到触目惊心的孤独，赶紧又大声说："让一切为了善的愿望而欺骗过的人再变过来吧！"便有一半的石头人活过来了。他们活过来后，纷纷哭泣——因为那另一半仍是石头的人，和他们有着种种血缘的关系。孩子被那么多人哭得不知所措，慌乱中说出第三个愿望——"让世界恢复原来的样子吧！"，于是一切人都活过来了。包括无耻的骗子们。于是世界就是现在这个样子，几乎不曾改变过。并且将永远夹在天堂和地狱之间。普遍的人心也是夹在天堂和地狱之间的东西。

有位二十二岁的姑娘，伫立五层楼的阳台上，要往下跳。楼下的巷子里，拥塞了许多人，仰望她，有人期待她跳。期待亲眼一睹年轻的躯体怎样被摔得七窍流血一命呜呼……

有人大喊大叫：跳哇！跳哇！吉昌不是跳下去了吗？唐嘎也跳下去了！现在该轮到你啦（电影《追捕》之台词）！……这是八四或八五年发生在湖北省孝感市的事情。姑娘死了……对于姑娘，巷子里那些渴望看见她死的人，乃地狱。我们很难猜测她当时内心里会想到些什么。但，在那人群中，却有一位老汉，顿足疾呼："姑娘，你千万不能啊！你还年轻哇！……"那老汉却遭到了他周围一伙流氓痞子的拳打脚踢。世上，是真有一些人的人心，只能用地狱比喻的。否认这一点是虚伪。害怕这一点是懦弱。祈祷地狱般的心从善，是迂腐。好比一个人愚蠢到祈祷这世上不要有苍蝇、蚊子、跳蚤、蛆、毛毛虫、毒蛇和蝎子之类。世界之所以叫世界，正因为它绝不可能干净到如人所愿的地步。世界是处在干净与肮脏之间的永恒的现实。人心也可以这样大致去加以分析。

在北京，有一对四十余岁的夫妻。丈夫患病，丧失了工作能力，每月只能开百分之六十的工资。妻子的工资也很低微。还有一对双胞胎女儿。还有老母亲。在目前北京的物价情况下，其生活之艰难可想而知。单位按章程办事，还照顾不到他头上……他当年是一个北大荒知青。他当年的知青伙伴们没有忘记他。每月每人出贰元、伍元、拾元不等，有专人收齐，送到他的家里去……他们这样做已经整整三年了。还在这样做。他们会一直这样做下去的。这是毫无疑问的。还有不少温暖之手向他伸出。如果我们揣度他们这样做，有什么不可告人的动机的话，除了证明我们自己心里的阴暗和为人的浑蛋，还能证明什么呢？

北京电影学院，有一位教创作的教师，当年是一位内蒙古兵团的知识青年。一次他在新街口"西安餐馆"吃羊肉泡馍，见一喝醉了酒的蒙古族汉子伏桌失声恸哭，引起许多人反感。他将那蒙古族汉子扶出了餐馆，扶至一偏静处，询问到北京来办什么事？遇到了什么困难？何以悲哀？告曰独生女不幸得了癌症，在北京住院。而当父亲的，因家中有急事，又不得不撇下女儿，赶回内蒙古去。女儿无人托付，去则不忍，留则不成，哭以渲泄……

他说："你放心离开北京吧！我是当年内蒙古兵团的知青，我会代你经常到医院去探望你的女儿的……"他说到了，也做到了。他告诉那蒙古族少女："我是你父亲的朋友。最好的朋友之一。"除了她的父亲，还从没有另外一个人到医院探望过她。每次同病房的人被探望，她是那么羡慕人家。而从此她可以获得一种情感满足了。北京对她来说，不再是举目无亲的城市了。北京有她父亲的"最好的朋友"，他答应她，会经常来看她。还给她读书，讲故事。能感受到这种关怀，对那患了绝症将不久于人世的蒙古族少女，是极其重要的，也是极其需要的。

一次他又去探望她。问她最想吃什么？她说最想吃羊肉汤，而且立刻就想吃到。他便走出医院去买羊肉。但他衣兜里却只有柒角几分钱，卖羊肉的个体摊位的摊嫌不值得一卖，不卖。他只好请求于人家。人家听他说完，默默操起刀，啪地一刀，砍下二三斤上好的羊肉，叫他拿走，且不收他一分钱。

他困惑了，反而愣在那儿。

人家说："我当年也是内蒙古兵团的知青。善良的事，别叫你一个人做了。有机会，我也愿意做。"

他有什么不良企图吗？卖羊肉的也有什么不良企图吗？作如此揣度的人，只能是一种人——浑蛋透顶之人。

若让小偷选总统的话，他们非常可能选扒手。并且，他们非常希望，每位受尊敬的人，其实都曾有过溜门撬锁的劣迹。更非常希望，能从人类知识中，寻找到偷窃行为属人类正当行为的根据。因而无数名人的言论，被败类奉为座右铭，是丝毫也不奇怪的事。连真理有时也不能幸免遭到亵渎。

地狱并不在别处，正在每一个人内心里。所谓"圣界"也不在别处，也正在每一个人内心里。

坏人是死不绝的。正如好人是死不绝的。我们常常被告诫，要防备坏人。而这个世界，即使糟糕到极点，令人沮丧到极点，也起码是一个好人和坏人一样多的世界。故"他人皆地狱"，起码在一半意义上不是真理。而是心理变态者的呓语。纵然这句话最先是尼采说的，也完全可以这样认为。

在美国的一座城市里，每到圣诞节，总有一位老人徘徊街头，将一双双崭新的温暖的手套，赠送给不相识的、出门匆忙忘了戴手套的人们。他这样做已经做了整整十年。当别人问他为什么这样做？他说："能给予人们一点儿微小的关怀，我感到一种心灵的莫大愉快。"

他不是基督徒。也不是精神病患者。

在美国的一座城市里，有另一位老人于医院里将死去了。他唯一的愿望，就是死前能再见到他在另一座城市的儿子一面。院方虽然代他通知了，但他的儿子分明不能及时赶来。在他弥留之际，主治医生和护士走到了他的床边。他以为是他的儿子来了，紧紧抓住主治医生的一只手，说："亲爱的孩子，你不知我有多么想念你……"护士要将他的手和主治医生的手分开，而被主治医生用表情制止了。主治医生说："亲爱的爸爸，我爱你！原谅我来迟了！……"他示意护士搬一把椅子给他。他在老人床边坐下了，就那么被老人紧紧抓住一只手，从午夜到黎明，从黎明到天黑，坐了近二十个小时，直到老人那只手，自然地垂下……

这几件事，不是小说，是真人真事。

人间自有温情在。人间永远自有温情在。人内心里如果没有的东西，走遍世界无法找到。善善恶恶，善恶迭现，世界从来就是这个样子。

信奉"他人皆地狱"的人，是很可怜的人。因为他的心，像木炭。吸收一切世间美好的温馨的情感，却体会不到那一种温馨那一种美好，仍像木炭。

这样的人，我认为，是不值得给予他们什么关怀和帮助的。即使他们在请求于你甚至乞求于你的时候，内心里也是阴暗的，也是对他人怀有敌意的。

尤其是，对那些张口闭口"他人皆地狱"的人，万勿引以为友。避开他们，要像避开毒虫一样。因为，真的可能对他人构成地狱之险恶的人，正是出在他们那些人之中。

这是我的人生经验。也是我对一切善良人的忠告。

谓予不信，你睁大眼睛，仔细观察你周围的人，听听究竟谁在那里张口闭口说"他人皆地狱"。你不难得出结论，那些人，恰恰是些怎样的人……

何以善良何以多情

　　二月将过，春节将至，最是诸事缠身的时候。偏偏的，薛健寄来了他的几篇散文给我看；其中之一篇，还要在《文学报》发表，嘱我写篇关于他的印象记。而我，第二天就到北京郊区开区人大代表会来了。倘开完会再写，即使寄"特快"，肯定也过发稿的日子了。所以，我也只有在会上写。用会上发的笔，用宾馆信纸的背面。屈指算来，我与薛健相识，已二十几年了。记得当年他作为一名文学青年到北京访我，刚从大学毕业不久，就业在邵阳一家印刷厂里。后来他就成为湖南文艺出版社的编辑了。现在，据我所知，他是出版社总编室的主任。

　　二十几年间，他四次做我的责任编辑，编发了我三部散文集，一部长篇小说。而且，我给予他的，都是原创作品。接连将自己的原创作品给予一家省出版社，这种情况在我和出版社的关系中是唯一的。

　　有时，我自己想想，也觉奇怪。某次薛健出差到京，又来我家。我便将我心里的那份奇怪，笑着问了他。他说："也许因为，我当初从印刷厂到出版社，和你写过的一封推荐信有关吧？"我不禁又问："是么？"他说的事，我早忘了呀。薛健是个极真诚的人——这是我和他之间，有二十几年友情的基础。因了和他的友情，我与湖南文艺出版社的关系也仿佛非同一般了。我这么说，对于我的另一些编辑朋友，似乎太欠公道。我至今所接触的编辑，每一位也都是真诚的人啊！

薛健不仅极真诚，他还是个极善良的人。

他知道有些底层的人，由于遇到了这样那样的困难或不公平对待，每找到北京，找到我家里，希望我能给予帮助。而我只不过是个写小说的人，教书的，做不了"及时雨"的，于是经常苦恼。有次薛健写信给我，告诉我他的收入并不高，他妻子下岗多年，他家里的经济水平……我读着，心里不免困惑。读到信尾，才恍然大悟。几行字写的分明是——"现在，我妹妹的病情已比较稳定了，我的工资又加了些，我也有点儿能力帮助他人了，包括不相识的人。如果你认为某些找到你家的人真值得帮助，而你又能力有限，那么就把他们的地址抄给我吧！"。

以上几行字的后边是括号。括号中的字是——"我指的仅仅是经济帮助，几百元，一二千元，我还是拿得出来的。如果对某些人有救急的作用，我是愿意的"。

我读罢那样一封信，心中温暖而怆然。我了解，实际上，他的生活负担也蛮重的呢。薛健是一个深深感动过我的人。所以，二十几年中，我不仅视他为某出版社编辑，还视他为兄弟。出乎我意料的是，他自己居然也写作，也有散文杂感之类发表。

二十几年中，他从未跟我说起过，我读他《飘雪的日子》一篇，领略了他的多情。多情与风流，对于男人，区别大了。薛健多情，却绝不风流。他是那么的内向，他的多情是埋藏在心里的那一种，是属于我们人性中特温馨的那一种。

生平只流双行泪，

半为苍生半红颜。

　　这是忘年交文怀沙先生有次写给我的两句话，是老先生情怀世界的自白。以这两句诗来形容我的兄弟薛健，也是可以的（我指的仅仅是情怀……）

2008 年 1 月 22 日于北京

拾遗补缺亦可欣

依然写着；也依然用笔写着。笔竟如我的另一种"烟"，可不嘛，"如烟"也。写作也似我心中的另一种"毒"——文字尼古丁。

我是那种越写自信越少的笔耕者。

正因为对自己越来越不满意，反而越来越勤奋。不是企图由数量来说明什么，而是自认为领悟了这样的写作道理——写作与书法是差不了太多的，对自己不满意那就得常动笔。

然确乎的，许久未写短篇小说了。散文、随笔、杂文之类，倒是不曾也荒弃了。还在大学任教，精力和时间每被分散，心有余力不足也。

我写的散文，一半左右具有小说的情节特征，人、事亦有虚构成分；但情感、情愫是发乎真心的。我每将一篇三千余字的散文写得有些像短小说，是刻意为之的。觉得散文也未必一味只写一己的人生感受，写他者的人生之事他者的命况，通过情节表达自己对他者的关注，也完全可以是一家主张。然我只对我的学生这么主张过而已，从未果然当成主张来宣称。对于写作者，自己认为怎样写适于自己，便那么去默默耕耘便是了……

如此说来，我虽许久未写短篇小说了，但笔下所写，却也经常与情节发生着关系，也就是与一般小说的元素之一发生着关系。

《回家》在很大程度上，是因了杨晓升主编的多次动员，才于顾此失彼的俗忙之境中完成的。

依我的眼看来，我们中国人的当下生活，暖意渐少。并且，分明的，继续少着似的。发生在上海的交管部门的"钓鱼"事件，亦然令人惊诧而后生出大的嫌恶之，直想用"卑鄙"形容之。刚刚又发生在湖北的"捞尸"丑闻，则简直恨得我咬牙切齿了！我们的大学生孩子本已死得善良又不幸，死后却还要受那般的凌辱，而且所为是我们中国人自己！对于三个孩子，是父兄辈！

于是备感现实的冷、冷、冷，直冷到骨缝里去的那一种冷。故我每思，面对如此冷感的现实，我的笔能做些什么呢？若论抨击与怒斥，网上的正义之声，比我做得更及时，且更有声讨力。我不上网，虽很关注，终究不过是一个默默关注且独自生气的人罢了。若论揭示人性之丑恶，我自忖，自己远比不上同行们的犀利与深刻。还能做些什么？还能做些什么啊！我认为自己总该有责任做点儿什么。于是便想到了善和温暖。我一直认为，我们中国之当代文化，在播撒善的种子和向现实中注入温暖方面，尚有缺遗之处。那么，便让我来拾遗补缺吧。这是不怎样高难之事，故无须一等之才华。说到才华，我大约也只比三流多一点儿，刚沾着三流的边儿吧。所以，我来做点儿能力尚及之事吧。基于以上思想，便有了《回家》这一短篇。现实固然很冷，有时简直邪恶四伏，每使寡助的弱者们活得惴惴不安。却也得承认，善良并未在同胞的内心彻底死灭，偶一发光，还是足以温暖人心温暖人世的。

我写此类小说，有意求其质朴，再质朴。因为，此类小说，毕竟不是我"为文学而文学"的作品。我倒是希望，很底层很底层的人们中，竟也有意外地看到了的。

　　那将是我之幸运。在底层，现实往往更冷，也更需要人对人的几许善意……

2009 年 11 月 20 日

别样人生别样情

人们呵，请读此书吧！

编汇其中的家信，是从一万多封家信中认真选出的。北京市总工会建筑工委的同志们为此付出了不少时间和精力。他们对从各个省份来到北京的民工兄弟姐妹们，一向满怀爱心与敬意，特别乐于为民工兄弟姐妹们做些实事。

今年七八月间，北京市总工会的同志们要求我为某建筑工地的民工兄弟讲一堂文化课，课题是"怎样写家书"。

我欣然从命。

由此我了解到，即使我们的民工兄弟姐妹们，现在也很少以书信方式与家人交流亲情了。当然，他们不可能靠电脑。手机和电话是他们与亲人传达情感的普遍方式。而这一种方式，仅仅从花费方面考虑，对于他们也是不可取的。一次十分钟的长途通话，话费起码三五元。而一枚八角钱邮票寄出的普通家信包含的内容，倾述的情感，即使二十分钟的长途通话也难以充分表达！何况，论及情感的表达，文字之温馨与细腻每胜于语言。尤其在亲人之间，爱人之间，那些最令人怦然心动的话语，恰恰是人欲说还休的。真相常是——不是一方觉得那些话语说与不说没什么两样；也不是听到过与没听到过都没什么区别。欲说还休实因窘于言说；而期望听到的一方，一旦听到了往往会记在心里一辈子。

这便是"家书一封抵万金"的意义。

也当是民工兄弟姐妹们与亲人之间的情愫互补的必要性。

何况，家信是可以长久保留的；是可以反复来看的；甚至可以作为传给下一代的亲情遗产。而一次手机或电话通话却不能……

我当时将我对家信的这一种看法讲给民工兄弟姐妹们听了——他们都同意我的看法。

于是我向北京市总工会的同志们提议——何不在民工兄弟和姐妹们之间开展一次家信评选活动，并进而为民工兄弟和姐妹们编汇成书呢？他们说也早有此意，而且表示要年年做下去。他们的承诺获得了在场民工兄弟姐妹们的热烈掌声……于是，便有了这一本书。在京务工的民工兄弟姐妹们为北京做出的贡献，是我们北京人有目共睹的。几乎可以这么说，没有他们终日在为北京默默地服务着、劳动着，北京的发展是难以想象的，甚至连北京人的日常生活也是难以想象的。

就我看来，北京人为他们所做的所想到的事情，实在说仍是很不够的。普遍的我们北京的人，其实也不是太经常关注他们、了解他们。但我认为，他们中的绝大多数，不但是值得我们尊重的，而且也是值得我们感激的。那么，此书会帮助我们了解他们。缺乏了解，又何言尊重与感激呢？

阳光底下，人人生而平等。不同仅仅在于，命况千差万别。背井离乡人，或为父母，或为儿女，或为夫妻，或为长兄、长姐，其孤其苦，先系其家；其劳其作，益于北京。而其亲情，落字成行，一叮一咛，一忧一喜，深矣浓矣真矣，跃然纸上。

所以我进而认为，这样的一本书，其实值得我们许多是父母的北京人买了给自己的从没写过家信的儿女们看一看的。如果，前者们也希望这辈子读到过一次儿女们写给自己的信，那么，对后者们进行一次间接的亲情教育是完全必要的……

2006 年 12 月 24 日

人性薄处的记忆

我觉得，记忆仿佛棉花，人性却恰如丝棉。

归根结底，世间一切人的一切记忆，无论摄录于惊心动魄的大事件，抑或聚焦于千般百种的小情节，皆包含着人性质量伸缩张弛的活动片段。否则，它们不能成为记忆。大抵如此。基本如此。而区别在于，几乎仅仅在于，人性当时的状态，或体现为积极的介入，或体现为深刻的影响。甚至，体现为久难愈合的创伤。

记忆之对于人，究竟意味着些什么呢？

这个问题，随着人的年龄的增长，会越来越清楚，越来越明白。

每一个人，当他或她的生命临近终点，记忆便一定早已开始本能的质量处理。最后必然发觉，保留在心里的，只不过是一些人性的感受，或对人性的领悟。

而那，便是记忆所能提供给我们的最为精粹的东西了。

好比一大捆旧棉花，经弹棉弓反复一弹，棉尘纷飞，陋絮离落，越弹越少，由一大捆而一小团。若不加入新棉，往往不足以再派什么用场。而一旦加入人对人性的思考，则就如同经过反复弹汰的棉中加入了丝棉，纤维粘连，于是记忆产生了新的一种价值，它的意义高出了原先许久许多。

以上，是我细读《点点记忆》想到的。

此前，我读过一些中国高干儿女们所写的，关于父母辈们的回忆文章。比如贺捷生大姐回忆贺龙元帅的文章，比如陶斯亮大姐回忆陶铸的文章，似乎还读过前国家主席刘少奇的女儿回忆其父的文章。我之所以不在陶铸和刘少奇的名字后加"同志"，乃因我根本没有妄称"同志"的资格。相对而言，《点点记忆》尤显得特殊。贯穿字里行间的思考，使之不同于一般的"纪实"，也不同于屡见的回忆，而更接近于长篇的"心得"——历时十年之久的狂乱年代中，一位女性以其对人性的细微坦诚的感受所总结的"心得"。那一种感受开始影响甚至开始袭击其人性时，她还是少女。我们可以想象，其后的整整十年中，她也许不曾笑过。"文革"也可以说是对她们和他们的一场空前的人性的袭击，袭击过后是长久的压迫……

但此种厄运不唯是点点们的。乃是许许多多中国人的共同的遭遇。首先是许许多多中国知识分子及文化人的，其次是许许多多被阶级成分划入"另册"的中国人的。政治风暴从建国以后对他们和她们的袭击几乎不曾间断过，而"文革"是一次总的"扫荡"。没有过笑容的少年和没有过笑容的少女，在中国在"文革"结束之前，大约要以百千万计……

尽管事实如此，我读《点点记忆》时，还是有多处受到了大的感动。

我写字桌的玻璃板下压着半页纸。那是台湾著名电影导演的复印手书。几行用碳素笔写的字，常入我眼已七八年之久了。

他写的是——"读完《沈从文自传》，我很感动。书中客观而不夸大的叙述观点让人感觉，阳光底下，再悲伤、再恐怖的事情，都能够以人的胸襟和对生命的热爱而把它包容……"

我读《点点记忆》的感动，与侯孝贤读《沈从文自传》的感动是一样的。

我觉得《点点记忆》的行文，与《沈从文自传》的行文有相同之处，那就是——客观而不夸大的叙述观点；那就是——过来人对当年事的胸襟的包容性。

我认为，以上两点加起来，不仅决定了文章自成一格的品质，也真切地体现出了写文章的人的品质。某种难能可贵的品质。要求自己尽量做到实事求是的品质。

首先令我深受感动的是写文章的人和林豆豆的关系，以及她在"文革"结束十年以后第一次邀见林豆豆的情形。一声"豆豆姐姐"，似乎将父辈之间的仇怨，轻轻一系，打了个死结。这一种打算了却的态度，仿佛在历史和现实之间树起了一道具有过滤性的墙。写书的人只想将墙那边的真相梳理清晰，本能地防止我们许多人内心里都每每会萌生的清算的动机，从墙那边沾染着历史的污浊渗透过来，毒害到自己的灵魂里。体现于人类政治中的最大不幸，莫过于隔代的清算。罗点点对林豆豆的态度，实在是值得我们中国人学习的，也实在是值得在我们中国人中提倡的。

不难看出，与全文相比，作者此段写得尤其心平气和，没有一丝情绪化的痕迹。分明的，下笔之际给自己规定了严格的原则——绝不蓄意伤害对方。甚至，还分明的，我们竟能看出怜悯。不是可怜，是怜悯。政治的伤疤，呈现在她们的父辈们身上，性质是那么的不同，后来又是那么的富有戏剧性。但呈现在儿女们身上，则几乎便是同样性质的狰狞的伤疤了。

可怜是俯视意味的。怜悯是相同感受的人们之间相互的不言而喻。

罗点点和林豆豆，她们除了对父辈们"你存我亡"的斗争所持的不同观点，肯定还有某些极为一致的感受吧？知青经历的一章读来也令我深受感动。此经历使作者说出了这样的话——"中国老百姓因此成为世界上最安分守己，最热爱和平的人民"。

这一种对于中国老百姓的好感，非与老百姓同甘共苦过的人，是不太能认识到的。宽敞而豪华的客厅里，往往容易产生的是对中国老百姓所谓"劣根性"的痛心疾首和尖酸刻薄。甚至，容易从内心里滋生轻蔑。作者身为共和国"重臣"及赫赫有名的将门之女，思考到了中国老百姓何以那样的地域文化的背景原因和民族心理长期积淀的原因，真的使我不禁刮目相看起来。允许我斗胆而又放肆地妄评一句——这一种思考，都未必是她们和他们的某些父辈们当年头脑中认真进行过的……

鲁迅先生的家道从中兴而往社会的底层败落，这使他看待中国社会众生相的目光深刻而犀利。他那一种目光，有时令我们周身发寒。人的目光的深刻和犀利，是否一定必须与冷峻相结合，才算高标一格的成熟呢？《点点记忆》告诉我们，却也未必。它从反面给我们一种启示——人看待社会看待他人的目光，如果在需要温良之时从内心里输向眼中一缕温良，倒或许会使目光中除成熟而外，再多了一分豁达。而深刻和犀利与豁达相结合，似乎更可能接近世事纷纭的因果关系……

客观，温良的文风，使《点点记忆》通篇平实庄重。并且，也使我们读者不难进入一种从容镇定的阅读状态。此状态乃读记述了大事件的文章的最佳状态，使我们的思考不至于被激烈的文字所骚乱。

与棉花相比，丝棉的纤维细且长且韧。同样的被子，丝棉的被套，不但比棉絮的被套轻得多，也暖得多。人性原本非是什么厚重的事物。人生的本质是柔韧软暖的。丝棉的最薄处，纤缕分分明明，经纬交织显见，成网而不紊乱。

在人性的丝棉的网罩之下，记忆的棉花才会长久地保持成被的形状而不四分五裂太快地成为无用之物……人性的薄处，亦即人性最透亮之处。这一种透亮，在《点点记忆》中多方位地呈现……

我和橘皮的往事

　　多少年过去了，那张清瘦而严厉的、戴六百度黑边近视镜的女人的脸，仍时时浮现在我眼前，她就是我小学四年级的班主任老师。想起她，也就使我想起了一些关于橘皮的往事……

　　其实，校办工厂并非是今天的新事物。当年我的小学母校就有校办工厂，不过规模很小罢了。专从民间收集橘皮，烘干了，碾成粉，送到药厂去，所得加工费，用以补充学校的教学经费。

　　有一天，轮到我和我们班的几名同学，去那小厂房里义务劳动。一名同学问指派我们干活的师傅，橘皮究竟可以治哪几种病？师傅就告诉我们，可以治什么病，尤其对平喘和减缓支气管炎有良效。

　　我听了暗暗记在心里。我的母亲，每年冬季都为支气管炎所苦，经常喘作一团，憋红了脸，透不过气来。可是家里穷，母亲舍不得花钱买药，就那么一冬季又一冬季地忍受着，一冬季比一冬季气喘得厉害。看着母亲喘作一团，憋红了脸透不过气来的痛苦样子，我和弟弟妹妹每每心里难受得想哭。我暗想，一麻袋又一麻袋，这么多这么多橘皮，我何不替母亲带回家一点儿呢？……

当天，我往兜里偷偷揣了几片干橘皮。

以后，每次义务劳动，我都往兜里偷偷揣几片干橘皮。

母亲喝了一阵子干橘皮泡的水，剧烈喘息的时候，分明地减少了，起码我觉着是那样。我内心里的高兴，真是没法儿形容。母亲自然问过我——从哪儿弄的干橘皮？我撒谎，骗母亲，说是校办工厂的师傅送给的。母亲就抚摸我的头，用微笑表达她对她的一个儿子的孝心所感受到的那一份儿欣慰。那乃是穷孩子们的母亲们普遍的最由衷的也是最大的欣慰啊！……

不料想，由于一名同学的告发，我成了一个小偷，一个贼。先是在全班同学眼里成了一个小偷，一个贼，后来是在全校同学眼里成了一个小偷，一个贼。

那是特殊的年代。哪怕小到一块橡皮，半截铅笔，只要一旦和"偷"字连起来，也足以构成一个孩子从此无法刷洗掉的耻辱，也足以使一个孩子从此永无自尊可言。每每的，在大人们互相攻讦之时，你会听到这样的话——"你自小就是贼！"——那贼的罪名，却往往仅由于一块橡皮，半截铅笔。那贼的罪名，甚至足以使一个人背负终生。即使往后别人忘了，不再提起了，在他或她内心里，也是铭刻下了。这一种刻痕，往往扭曲了一个人的一生，改变了一个人的一生，毁灭了一个人的一生……

在学校的操场上，我被迫当众承认自己偷了几次橘皮，当众承认自己是贼。当众，便是当着全校同学的面啊！……

于是我在班级里，不再是任何一个同学的同学，而是一个贼。于是我在学校里，仿佛已经不再是一名学生；而仅仅是，无可争议地是一个贼，一个小偷了。

我觉得，连我上课举手回答问题，老师似乎都佯装不见，目光故意从我身上一扫而过。我不再有学友了。我处于可怕的孤立之中。我不敢对母亲讲我在学校的遭遇和处境，怕母亲为我而悲伤……当时我的班主任老师，也就是那一位清瘦而严厉的、戴六百度近视镜的中年女教师，正休产假。她重新给我们上第一堂课的时候，就觉察出了我的异常处境。放学后她把我叫到了僻静处，而不是教员室里，问我究竟做了什么不光彩的事。我哇地哭了……第二天，她在上课之前说："首先我要讲讲梁绍生（我当年的本名）和橘皮的事。他不是小偷，不是贼。是我嘱咐他在义务劳动时，别忘了为老师带一点儿橘皮。老师需要橘皮掺进别的中药治病。你们再认为他是小偷，是贼，那么也把老师看成是小偷，是贼吧！……"

第三天，当全校同学做课间操时，大喇叭里传出了她的声音。说的是她在课堂上所说的那番话……从此我又是同学的同学，学校的学生，而不再是小偷不再是贼了。从此我不想死了……我的班主任老师，她以前对我从不曾偏爱过，以后也不曾。在她眼里，以前和以后，我都只不过是她的四十几名学生中的一个，最普通的最寻常的一个……

但是，从此，在我心目中，她不再是一位普通的老师了。尽管依然像以前那么严厉，依然戴六百度的近视镜……

在"文革"中，那时我已是中学生了，没给任何一位老师贴过大字报。我常想，这也许和我永远忘不了我的小学班主任老师有某种关系。没有她，我不太可能成为作家。也许我的人生轨迹将彻底地被扭曲、改变，也许我真的会变成一个贼，以我的堕落报复社会。也许，我早已自杀了……

以后我受过许多险恶的伤害，但她使我永远相信，生活中不只有坏人，像她那样的好人是确实存在的……因此我应永远保持对生活的真诚热爱！

小垃圾女

　　我第一次见到她，是在元月下旬的一个日子，刮着五六级风。家居对面，元大都遗址上的高树矮树，皆低俯着它们光秃秃的树冠，表示对冬季之厉色的臣服。偏偏十点左右，商场来电话，通知安装抽油烟机的师傅往我家出发了……

　　前一天我就将旧的抽油烟机卸下来丢弃在楼口外了。它已为我家厨房服役十余年，油污得不成样子。我早就对它腻歪透了。一除去它，上下左右的油污彻底暴露，我得赶在安装师傅到来之前刮擦干净。洗涤灵去污粉之类难起作用，我想到了用湿抹布滚粘了沙子去污的办法。我在外边寻找到些沙子用小盆往回端时，见个十一二岁的女孩儿，站在铁栅栏旁。我丢弃的那台脏兮兮的抽油烟机，已被她弄到那儿。并且，一半已从栅栏底下弄到栅栏外；另一半，被突出的部分卡住。

　　女孩儿正使劲跺踏着。她穿得很单薄，衣服裤子旧而且小。脚上是一双夏天穿的扣袢布鞋，破袜子露脚面。两条齐肩小辫，用不同颜色的头绳扎着。她一看见我，立刻停止跺踏，双手攥一根栅栏，双脚蹲在栅栏的横条上，悠荡着身子，仿佛在那儿玩的样子。那儿少了一根铁栅，传达室的朱师傅用粗铁丝拦了几道。对于那女孩儿来说，钻进钻出仍是很容易的。分明，只要我使她感到害怕，她便会一下子钻出去逃之夭夭。而我为了不使她感到害怕，主动说："孩子，你是没法弄走它的呀！"——倘她由于害怕我仓皇钻出时刮破了衣服，甚或刮伤了哪儿，我内心里肯定会觉得不安的。

她却说："是一个叔叔给我的。"——又开始用她的一只小脚踩踏。

果而有什么"叔叔"给她的话，那么只能是我。我当然没有。

我说："是吗？"

她说："真的。"

我说："你可小心……"

我的话还没说完，她已弯下腰去，一手捂着脚腕了。破裂了的塑料是很锋利的。我说："唉，扎着了吧？你倒是要这么脏兮兮的东西干什么呢？"她说："卖钱。"其声细小。说罢抬头望我，泪汪汪的。显然疼的。接着低头看自己捂过脚腕的小手，手掌心上染血了。我端着半盆沙子，一时因我的明知故问和她小手上的血而呆在那儿。她又说："我是穷人的女儿。"——其声更细小了。她的话使我那么的始料不及，我张张嘴，竟不知再说什么好。而商场派来的师傅到了，我只有引领他们回家。他们安装时，我翻出一片创可贴，去给那女孩儿，却见她蹲在那儿哭，脏兮兮的抽油烟机不见了。我问哪儿去了？

她说被两个蹬手板车收破烂儿的大男人抢去了。说他们中一个跳过栅栏，一接一递，没费什么事儿就成他们的了……我问能卖多少钱？她说十元都不止呢，哭得更伤心了。我替她用创可贴护上了脚腕的伤口，又问："谁教你对人说你是穷人的女儿？"她说："没人教，我本来就是。"我不相信没人教她，但也不再问什么。我将她带到家门口，给了她几件不久前清理的旧衣物。她说："穷人的女儿谢谢您了叔叔。"我又始料不及，觉得脸上发烧。我兜里有些零钱，本打算掏出全给了她的。但一只手虽已插入兜里，却没往外掏。那女孩儿的眼，希冀地盯着我那只手和那衣兜。我说："不用谢，去吧。"她单肩背起小布包下楼时，我又说："过几天再来，我还有些书刊给你。"听着她的脚步声消失在外边我才抽出手，不知不觉中竟出了一手的汗。我当时真不明白我是怎么了……

事实上我早已察觉到了那女孩儿对我的生活空间的"入侵"。那是一种诡秘的行径。但仅仅诡秘而已，绝不具有任何冒犯的意味。更不具有什么危险的性质。无非是些打算送给朱师傅去卖，暂且放在门外过道的旧物，每每再一出门就不翼而飞了。左邻右舍都曾说撞见过一个小小年纪的"女贼"在偷东西。我想，便是那"穷人的女儿"无疑了……

四五天后的一个早晨我去散步，刚出楼口又一眼看见了她。仍在第一次见到她的地方，她仍然悠荡着身子在玩儿似的。她也同时看见了我，语调亲昵地叫了声叔叔。而我，若未见她，已将她这一个穷人的女儿忘了。

我驻足问："你怎么又来了？"她说："我在等您呀叔叔。"——语调中掺入了怯怯的，自感卑贱似的成分。我说："等我？等我干什么？"她说："您不是答应再给我些您家不要的东西么？"我这才想起对她的许诺，搪塞地说："挺多呢，你也拎不动啊！""喏"——她朝一旁翘了翘下巴，一个小车就在她脚旁。说那是"车"，很牵强，只不过是一块带轮子的车底板。显然也是别人家扔的，被她捡了。我问她脚好了么？她说还贴着创可贴呢，但已经不怎么疼了。之后，一双大眼瞪着我又强调地说："我都等了您几个早晨了。"

我说："女孩儿，你得知道，我家要处理的东西，一向都是给传达室朱师傅的。已经给了几年了。"——我的言下之意是，不能由于你改变了啊!

她那双大眼睛微微一眯,凝视我片刻说:"他家里有个十八九岁的残疾女儿,你喜欢她是不是?"我不禁笑着点了一下头。"那,一次给她家,一次给我,行不?"——她专执一念地对我进行说服。我又笑了。我说:"前几天刚给过你一次,再有不是该给她家了么?"她眨眨眼说:"那,你已经给她家几年了。也多轮我几次吧!"我又想笑,却怎么也笑不起来了。心里一时的很觉酸楚,替眼前花蕾之龄的女孩儿,也替她那张能说会道的小嘴儿。我终不忍令她太过失望,二次使她满足……我第三次见到那女孩儿,日子已快临近春节了。我开口便道:"这次可没什么东西打发你了。"女孩儿说:"我不是来要东西的。"——她说从我给她的旧书刊中发现了一个信封,怕我找不到着急,所以接连两三天带在身上,要当面交我。那信封封着口,无字。我撕开一看,是稿费单及税单而已。她问:"很重要吧?"我说:"是的,很重要,谢谢你。"她笑了:"咱俩之间还谢什么。"她那窃喜的模样,如同受到了庄严的表彰。而我却看出了破绽——封口处,留下了两个小小的脏手印儿。夹在书刊里寄给我的单据,从来是不封信封口的。好一个狡黠的"穷人的女儿"啊!她对我动的小心眼令我心疼她。"看"——她将一只脚伸过栅栏,我发现她脚上已穿着双新的棉鞋了,摊儿上卖的那一种。并且,她一偏她的头,故意让我瞧见她的两只小辫已扎着红绫了。我说:"你今天真漂亮。"她悠荡着身子说:"我妈妈决定,今年春节我们不回老家了。""爸爸是干什么的?"她略一愣,遂低下了头。我正后悔自己不该问,她抬起头说:"叔叔,初一早晨我会给您拜年。"我说不必。她说一定。我说我也许会睡懒觉。她说那她就等。说您不会初一整天不出家门的呀。说她连拜年的话都想好了:"叔叔马年吉祥,恭喜发财!""叔叔我一定来给你拜年!"说完,猛转身一蹦一跳地跑了。两只小辫上扎的红绫,像两只蝴蝶在她左右肩翻飞……

初一我起得很早。倒并不是因为和那"穷人的女儿"有个比较郑重的约会,而是由于三十儿夜晚看一本书看得失眠了。我是个越失眠反而越早起的人。却也不能说与那个比较郑重的约会毫无关系。其实我挺希望初一一大早走出家门,一眼看见一个一身簇新,手儿脸儿洗得干干净净,两条齐肩小辫扎得精精神神的小姑娘快活地大声给我拜年:"叔叔马年吉祥,恭喜发财!"——尽管我不相信那真能给我带来什么财运……

一上午,我多次伫立窗口朝下望,却始终不见那"穷人的女儿"的小身影。下午也是。到今天为止,我再没见过她。却时而想到她。每一想到,便不由得在内心默默祈祷:小姑娘,马年吉祥,恭喜发财!……

第一支钢笔

它是黑色的，笔身粗大，外观笨拙。全裸的笔尖、旋拧的笔帽。胶皮笔囊内没有夹管，吸墨水时，捏一下，缓慢鼓起。墨水吸得太足，写字常常"呕吐"，弄脏纸和手。我使用它，已经二十多年了。笔尖劈过，断过，被我磨齐了，也磨短了。笔道很粗，写一个笔画多的字，大稿纸的两个格子也容不下。已不能再用它写作，只能写便笺或信封。

它是我使用的第一支钢笔，母亲给我买的。那一年，我升入小学五年级。学校规定，每星期有两堂钢笔字课。某些作业，要求学生必须用钢笔完成。全班每一个同学，都有了一支崭新的钢笔。有的同学甚至有两支。我却没有钢笔可用，连支旧的也没有。我只有蘸水钢笔，每次完成钢笔作业，右手总被墨水染蓝。染蓝了的手又将作业本弄脏。我常因此而感到委屈，做梦都想得到一支崭新的钢笔。

一天，我终于哭闹起来，折断了那支蘸水笔，逼着母亲非立刻给买一支吸水笔不可。

母亲对我说："孩子，妈妈不是答应过你，等你爸爸寄回钱来，一定给你买支吸水笔吗？"

我不停地哭闹，喊叫："不，不，我今天就要。你去给我借钱买。"

母亲叹了口气，为难地说："你这孩子，真不懂事。这月买粮的钱，是向邻居借的；交房费的钱，也是向领导借的；给你妹妹看病，还是向领导借的钱。为了今天给你买一支吸水笔，你就非逼着妈妈再去向邻居借钱吗？叫妈妈怎么张得开口啊？"

我却不管母亲好不好意思再向邻居张口借钱，哭闹得更凶。母亲心烦了，打了我两巴掌。我赌气哭着跑出了家门……

那天下雨，我在雨中游荡了大半日不回家，衣服淋湿了，头脑也淋得平静了，心中不免后悔自责起来。是啊，家里生活困难，仅靠在外地工作的父亲每月寄回几十元钱过日子，母亲不得不经常向邻居开口借钱。母亲是个很顾脸面的人，每次向邻居家借钱，都需鼓起一番勇气。

我怎么能为了买一支吸水笔，就那样为难母亲呢？我觉得自己真是太对不起母亲了。

于是我产生了一个念头，要靠自己挣钱买一支钢笔。这个念头一产生，我就冒雨朝火车站走去。火车站附近有座坡度很陡的桥，一些大孩子常等在坡下，帮拉货的手推车夫们推上坡，可讨得五分钱或一角钱。

我走到那座大桥下，等待许久，不见有推车来。雨越下越大，我只好站到一棵树下躲雨。雨点噼噼啪啪地抽打着肥大的杨树叶，冲刷着马路。马路上不见一个行人的影子，只有公共汽车偶尔驶来驶去。几根电线杆子远处，就迷迷蒙蒙地看不清楚什么了。

我正感到沮丧，想离开，雨又太大，等下去，肚子又饿，忽然发现了一辆手推车，装载着几层高高的木箱子，遮盖着雨布。拉车人在大雨中缓慢地、一步步地朝这里拉来。看得出，那人拉得非常吃力，腰弯得很低，上身几乎俯得与地面平行了，两条裤腿都挽到膝盖以上，双臂拼力压住车把，每迈一步，似乎都使出了浑身的劲儿。那人没穿雨衣，头上戴顶草帽。由于他上身俯得太低，无法看见他的脸，也不知他是个老头儿，还是个小伙儿。

他刚将车拉到大桥坡下，我便从树下一跃而出，大声问："要帮一把吗？"

他应了一声。我没听清他应的是什么，明白是正需要我"帮一把"的意思，就赶快绕到车后，一点也不隐藏力气地推起来。车上不知拉的何物，非常沉重。还未推到半坡，我便一点力气也没有了，双腿发软，气喘吁吁。那时我才知道，对于有些人来说，钱并非容易挣到的。即使一角钱，也是并非容易挣到的。我还空着肚子呢。又推了几步，实在推不动了，产生了"偷劲"的念头。反正拉车人是看不见我的。我刚刚松懈了一点力气，就觉得车轮顺坡倒转。不行，不容我"偷劲"。那拉车人，也肯定是凭着最后一点力气在坚持，在顽强地向坡上拉。我不忍心"偷劲"了。我咬紧牙关，憋足一股力气，发出一个孩子用力时的哼唧声，一步接一步，机械地向前迈动步子。

车轮忽然转动得迅速起来。我这才知道，已经将车推上了坡，开始下坡了。手推车飞快朝坡下冲，那拉车人身子太轻，压不住车把，反被车把将身子悬起来，腿离了地面，控制不住车的方向。幸亏车的方向并未偏往马路中间，始终贴着人行道边，一直滑到坡底才缓缓停下。

我一直跟在车后跑，车停了，我也站住了。那拉车人刚转过身，我便向他伸出一只手，大声说："给钱。"那拉车人呆呆地望着我，一动不动，也不掏钱，也不说话。我仰起脸看他，不由得愣住了。"他"……原来是母亲。雨水，混合着汗水，从母亲憔悴的脸上直往下淌。母亲的衣服完全淋透了，像从水里捞出来的一样，湿漉漉地贴在身上，显出了她那瘦削的两肩的轮廓。她胸口剧烈地起伏着,脸色苍白,大口大口地喘着气。

我望着母亲,母亲望着我,我们母子完全怔住了。就在那一天,我得到了那支钢笔,梦寐以求的钢笔。母亲将它放在我手中时,满怀期望地说:"孩子,你要用功读书啊。你要是不用功读书,就太对不起妈妈了……"在我的学生时代,我一刻都没有忘记过母亲满怀期望对我说的这番话。如今,二十多年过去了,我已经是个成年人了,母亲变成老太婆了。那支笔,也可以说早已完成它的历史使命了。但我,却要永远保存它,永远珍视它,永远不抛弃它。

本命年杂感

今年是我本命年。

最切身的体会，是意识到自己开始和许多中年人经常迷惘地诉说到，或嘴上自我限制得很紧，但内心里却免不了经常联想到的一个字"接火"了。

这个字便是那令人多愁善感的"老"。

"老"也是一个令人意念沮丧心里恓惶的字。一种通身被什么毛茸茸的东西粘住，扯不开甩不掉的感觉。它的征兆，首先总是表现在记忆的衰退方面。

我锁上家门却忘带钥匙的时候越来越多了。仅去年一年内，已七八次了。

以前发生这样的事儿，便往妻的单位打电话。妻单位的电话号码是永远也记不清的。它抄在小本儿上。而那小本儿自然不可能带在身上。每次得拨"114"询问。于是妻接到电话通告后，骑自行车匆匆往家赶。送交了钥匙，还要再赶回单位上班。再一再二又再三再四，妻的抱怨一次比一次甚，自己的惭愧也就一次比一次大。

于是再发生，就采取较为勇敢的举动，不劳驾妻骑自行车匆匆地赶回来替我开家门了。而冒险从邻家厨房的窗口攀住雨水管道，上爬或下坠到自己家厨房的窗口，捅破纱窗，开了窗子钻入室内。去年一年内，进行了七八次这样的攀爬锻炼。有一次四楼五楼和一楼二楼的邻家也皆无人，是从六楼攀住雨水管道下坠至三楼的，破了我自己的纪录。前年大前年每年也总是要进行几次这样的攀爬锻炼的。那时身手还算矫健敏捷，轻舒猿臂，探扭狼腰，上爬下坠，头不晕，心不慌。正所谓"艺高人胆大"。自去年起就不行了，就觉身手吃力了。上爬手臂发颤了，攀不大住雨水管道了。下坠双腿发抖了，双脚也蹬不大稳了。人贵有自知之明，于是必得在腰间牢系一条长长的绳索保份儿险了。仅仅一年之差，"老"便由记忆扩散向体魄了，心内的悲凉也便多了几重。

也不只是出家门经常忘带钥匙，办公室的钥匙，丢了配，配了丢的，现有的一把，已是第五代"翻版"了。一个时期内再丢也无妨了，最后一次我配了十把。

信箱的钥匙也丢，丢了便得换一次锁。不好意思再求别人换锁，自己懒得换。干脆不上锁了。童影厂一排信箱柜中，唯一没锁的，小门儿上一个圆锁洞的，便是梁晓声的信箱无疑了。

春节前给《中篇小说选刊》的一位女同志回信，不知怎么，寄去的又是空信封。也不知写给她的信，塞往寄给另外什么人的信封邮走了。所幸非是情书，所幸没有情人。否则，非落得个自行的将绯闻传播的下场不可。

最使自己陷入难堪的，乃是其后的一件事儿——因替友人讨公道，致信某官员，历数其官僚主义作风一二三四诸条。同时给那受委屈的人去信，告之我已替他"讨公道"了。且言，倘无答复，定代其向更上一级申诉。结果，两封信相互塞错了信封。

于是数日后友人来长途电话，说晓声坏了坏了，你怎么把写给某某官员的信寄给了我？我说别慌别慌，我再给他写一封信寄给他就是了嘛！友人说：我能不慌么？你应该寄给我的信中，都写了人家些什么话呀？人家肯定也收到了，不七窍生烟才怪了呢！你给他本人写的信措词都那么的不客气，该寄给我的信里，还不尽是骂人家的话呀？我完了，以后没好果子吃了。你这不是替我"讨公道"，你这等于是害我啊！……

所幸那官员的秘书同日也来了电话询问怎么回事儿？我急反问：那信给领导看了么？她说：你又不是写给领导的，我怎么能给领导看呢？我说：撕掉撕掉！塞错信封了。我近日再给领导写一封……她说：我关心的是，你把本该寄给领导的信寄哪儿去了？如果让不该收到的人收到了，影响多不好呀？我说：放心放心。那是绝不会的。本该寄给领导的那封信其实没寄出……我……我已经销毁了……

而此事之后，与几位文学师长同住某招待所观看某电视剧——结束前两日往家中打电话，嘱妻将钥匙留在传达室（不敢随身带着住在招待所，怕丢了）。

有人见我不停地拨，就说兴许你家没人吧？我说不是家里没人，是电话中说——无此号码！这不是咄咄怪事嘛！对方说：是够怪的。晓声你不至于连你自己家的电话号码都记不清吧？我不太有把握地说：我想，也不至于的吧？最终还是不得不往厂里打电话，请总机值班员查查电话表上我家的电话号码告诉我……总机值班员连说好好好——我听出她在那一端强忍着笑。从始至终恰在一旁的林斤澜老，一本正经地说——晓声你以后不要再叫我老师了。咱俩就算平辈儿，论哥们儿得了。不过我还能记住我家的电话号码，冲这一点，我称你晓声老哥，似乎也称得的。想想，不知将记错了的家中的电话号码，虔虔诚诚地抄给过多少人呢！天地良心，绝非成心的。三十儿晚上，给朋友们打电话——拨通了冯亦岱老师家的电话，却开口给袁鹰老师大拜其年……

而拨通了邵燕祥老师家电话，耳听燕祥老师在那一端问找谁——竟一时的头脑空白，愣愣地说不出自己找谁。我想燕祥老师在那一端，必定以为是滋扰电话，静候数秒，也就挂断了。自己赶快看一眼小本儿，心中默念着"邵燕祥邵燕祥"，继续重拨……

初二去看北影厂的老同事，下楼时一手拎垃圾袋儿，一手拎水果袋儿，在楼外抛掉一袋儿，只拎了一袋儿悠悠地往前走。途遇熟人，自然是互道一通儿拜年话儿。

对方就盯着我手中的塑料袋儿，嗫嚅地问：晓声你这是……我说：去看某某同志。没什么带的，带点儿水果……见对方眼神儿不对，低头自看——哪里是一塑料袋儿水果！分明是一塑料袋儿垃圾！幸亏遇见了熟人，否则真拎将去，被热情地迎入门，大初二的，成什么事了呢！……初三几位当年要好的知青战友相聚，瞅着其中一位，怎么也想不起人家姓名。人家却握住我手，笑问：叫不出我姓名了吧？咱们可两个月前还聚过的啊！却嘴硬：怎么会忘了你叫什么呢！那你说我是谁？你不是——那个谁么？你还在……那个单位么？我是那个谁？我在哪个单位？放开我手！你先放开我手嘛！再过十年八年我也能叫出你是谁呀！不用过十年八年，现在就叫！叫不出来，我今天就不放开你手！战友们战友们，你们看这小子认真劲儿的！你们说我能把他的名字都忘了么？！众战友相觑而笑，谁都不打算替我解围。那一顿饭，从始至终没心思吃什么。一直在心里暗想——妈的这小子叫什么来着呢？猛地想起来了，举杯猝起，大叫——×××我和你干这一杯！众战友面面相觑。心中好生的快感，得意扬扬地说：×××，刚才是成心和你别劲儿呢！你说我怎么能把你的姓名都忘了呢？那也太可笑了吧！果然可笑。众战友也果然一个个笑得前仰后合——我猛想起的是别人的姓名，张冠李戴了……

记忆力的减退，使自己对自己的记忆首先丧失信心。同事向我借过几盘录像带，我觉得没还我。人家说还了。心想——肯定是自己记错了，那么录像带哪儿去了呢？我也是借的呀！不久同事不好意思地说，晓声我发现，录像带还在我那儿哪！——敢情别人也有记忆力欠佳的时候。厂里交我看的一部剧本，记得又转给另一位同事看了，可他说没在他那儿啊！心想——肯定是自己记错了，那么剧本哪儿去了呢？下午作者要来当面听意见的呀！片刻同事不好意思地说，晓声对不起，那剧本儿是在我这儿，刚才找的太粗心……

夜里失眠，冷不丁地想起——几个月前似乎向传达室的朱师傅借过几十元钱不曾归还。第二天带在身上，一边还钱一边不安地解释：朱师傅，我最近记忆不好，几个月前借您的钱，昨天才想起来……不料朱师傅说：晓声你早还了！厂里发了一张春节购物券——同事一再清清楚楚地告诉我，只能在哪家商场用，那商场在什么什么方位……妻去买时，自信地说：我认识！不就是在哪儿哪儿么？觉得妻说的方位，和同事清清楚楚地告诉我的方位，相距实在太远了！有心纠正于妻，可一想——万一自己又记错了呢？于是将一份儿责任感闷在了心里。妻自然是兜了极大极大的一个圈子，跑了很多冤枉路，回到家里，发牢骚说为一张百十来元的购物券，太得不偿失了，搭上了两个半小时！我说：其实，你出门前，我就觉得你说的那地方不对。妻生气地问：那你怎么不告诉我对的地方？我苦笑了一下，备感罪过地回答：事实证明你错了，我才有把握肯定自己当时是对的呀！在没证明你错了之前，我哪儿敢有那么大的把握呢？……

我是我们这一代人中，年龄不算最大也不算最小的一个。我们这一代，普遍的都开始记忆力明显减退。尽管我们正处在所谓"年富力强"的年龄，我们过早地被"老"字粘上了。我们自己有时不愿承认，但个个心里都明白。我们宁愿这"老"首先是从体魄上开始的，但它却偏偏首先从心智上向我们发起了频频的攻击。是"三年自然灾害"时期营养不良造成的？还是十年"上山下乡"耗损太大造成的？抑或是目前上有老下有小自己责任多多因而都过早地患了"中年综合疲劳症"的结果？

我们这一代聚在一起，比前十年前几年聚在一起时话都明显地少了，都大有一种欲说还休的意味儿了呢！我是早就欲说还休了。非说不可，三言两语，简明扼要地表达意思罢了。

却还在孜孜地写作着。有时宁愿自己变成哑巴，只写不说算了。岂非少了项活着的内容吗？似乎所剩精力体能，仅够支配极少的甚至是最单纯的生命活动了。

真是欲休还写欲休还写……

不定哪一天，便由欲休还写而欲写还休了。

于是常常的徒自感伤起来……

时间即"上帝"

　　少年时读过高尔基的一篇散文——《时间》。高尔基在文中表现出了对时间的无比敬畏。不，不仅是敬畏，甚至可以说是一种极其恐惧的心理。是的，是那样，因为高尔基确乎在他的散文中用了"恐惧"一词。他写道——夜不能眠，在一片寂静中听钟表之嘀嗒声，顿觉毛骨悚然，陷于恐惧……

　　少年的我读这一篇散文时是何等的困惑不解啊！怎么，写过激情澎湃的《海燕》的高尔基，竟会写出《时间》那般沮丧的东西呢？步入中年后，我也经常对时间心生无比的敬畏。我对生死问题比较地能想得开，所以对时间并无恐惧。我对时间另有一些思考。有神论者认为一位万能的神化的"上帝"是存在的。无神论者认为每一个人都可以成为自己的"上帝"，起码可以成为主宰自己精神境界的"上帝"。我的理念倾向于无神论。但，某种万能的，你想象其寻常便很寻常，你想象其神秘便很神秘的伟力是否存在呢？如果存在是什么呢？我认为它就是时间。我认为时间即"上帝"。它的伟力不因任何人的意志而转移。"愚公移山""精卫填海"，其意志可谓永恒，但用一百年挖掉了两座大山又如何？用一千年填平了一片大海又如何？因为时间完全可以再用一百年堆出两座更高的山来；完全可以再用一千年"造"出一片更广阔的海域来。甚至，可以在短短的几天内便依赖地壳的改变完成它的"杰作"。那时，后人早已忘了移山的愚公曾在时间的流程中存在过；也早已忘了精卫曾在时间的流程中存在过。而时间依然年轻。

只有一样事物是不会古老的，那就是时间。

只有一样事物是有计算单位但无限的，那就是时间。

"经受时间的考验"这一句话，细细想来，是人的一厢情愿——因为事实上，宇宙间没有任何事物能真正经受得住时间的考验。一千年以后金字塔和长城也许成为传说，珠峰会怎样很难预见。

归根结底我要阐明的意思是——因为有了人，时间才有了计算的单位；因为有了人，时间才涂上了人性的色彩；因为有了人，时间才变得宝贵；因为有了人，时间才有了它自己的简史；因为有了人，时间才有了一切的意义……

而在时间相对于人的一切意义中，我认为，首要的意义乃是——因为有了时间，人才思考活着的意义；因为在地球上的一切生命形式中，独有人进行这样的思考，人类才有创造的成就。

人类是最理解时间真谛，也是最接近着时间这一位"上帝"的。每个具体的人亦如此。连小孩子都会显出"时间来不及了"的忐忑不安或"时间多着呢"的从容自信。决定着人的心情的诸事，掰开了揉碎了分析，十之八九皆与时间发生密切关系。人类赋予了冷冰冰的时间以人性的色彩；反过来，具有了人性色彩的时间，最终是以人性的标准"考验"着人类的状态——那么，谁能说和平不是人性的概念？谁能说民主不是人性的概念？谁能说平等和博爱不是时间要求于人类的？人啊，敬畏时间吧，因为，它比一位神化的"上帝"对我们更宽容；也比一位神化的"上帝"对我们更严厉。

　　人敬畏它的好处是——无论自己手握多么至高无上的权杖，都不会幼稚地幻想自己是众生的"上帝"。因为也许，恰在人这么得意着的某个日子，时间离开了他的生命……

第三辑　阅读一颗心

我最初的故乡是书籍

这是一套为初中生和高中生们选编的文学类课外阅读丛书。是为他们，不，同学们，是为开阔和丰富你们的课外阅读视野而做的一件事情。

你们一升到高二，便开始分科了。有的同学归入了文科班，有的同学归入了理科班。

但是你们啊，且莫以为这套丛书仅只是为文科班同学选编的，对理科班同学并没有什么实际的意义。

不，我想建议理科班的高中同学，或虽还在读初中，但已确定了以后的理科志向的同学，在不至于影响理科成绩的前提之下，也是不妨读一读的。

因为，高考虽有文理之分，人却不应一生按高考的区别而活着。也就是说，人不分男女，不论所获是理科学位还是文科学位，多少有一些文学的修养，定比没有要可爱。何况，文学中不只文学，还有其他"营养"种种。正如粮食里不只淀粉，还包含有别的维生素。

一个有读书习惯的人，是善于将安安静静的阅读时光当成一种享受的，会觉得比饱餐美食更是一种享受，会觉得比"泡吧"或沉湎于网络聊天室不能自拔更是一种享受。

有此体味的人，与他人是不太一样的。

他深谙生命有时多么需要孤独一下的道理。那时他以书为伴，一卷在手，仿佛与良师益友避开着喧闹，倾心相谈。自然，须是值得一读的书。

而这一种享受，是要从学生时代便有所领悟的，正如好习惯是自小养成的。

同学们，我曾为你们写过一篇短文——《读是一种幸福》。

这套丛书将教你们体味个中幸福。

据我所知，同类丛书，辽宁教育出版社曾出版过一套，是由王蒙和刘心武两位作家主编。高中之小说部分，还收录了我的《同学》一篇。所以，出版社诚邀我做编委，并请我写序时，我是很迟豫的。及至详阅了他们寄来的目录，我不再顾虑什么，表示评委可做，序也愿意写。因为两套书的篇目是很不一样的。多出一种同类书，也好。文科的，已买了前一套丛书的，家里经济条件宽裕的同学，不妨再买这一套，相比较地阅读，阅读视野不是就扩大了一倍么？家里经济条件拮据的同学，也是可以向买了的同学借读的呀。我十分尊重爱书的人其书必珍的心理。但我是提倡一人有书，朋友可读的。只要借书的人爱护书，常借常还就行。我曾多次到中学和大学去与同学们座谈。同学们往往提出这样的要求：给我们列一份读书单吧！而我每觉茫然，恓惶，甚至惭愧。那是我根本列不出来的。在书店里，我置身于书的海洋，连自己也常感顾此失彼。我甚至认为，那样的一份书单，已非今日之某一人所能开列。现在好了，湖南文艺出版社的编辑们为同学们选编成了这一套丛书。

这一套丛书是他们专门集中了几位优秀的编辑力量，辛辛苦苦工作了二三个月才确定篇目的。目录中有几篇及作者，对我也是陌生的。

　　我没从书中发现林语堂的名字和他的文章。林语堂的文章是我所喜爱的。我将建议编者们务必补选一二篇。但愿同学们也会喜欢他的文章。我是初中生的时候，根本不知道，也没从任何人口中听说过林语堂、徐志摩、梁遇春、沈从文、张爱玲。那时，国内是不出版他们的书的，连图书馆里也没有。现在，同学们不但能读到他们的书，以后上了大学，还能在课上一起与老师分析之，欣赏之。同学们所了解的中国文学，相对于我们那一代是完整的，而非残缺的。同学们是幸运的。人类的文字之运用于文学的写作实践，是最符合人性的实践，也是最能揭示人性之丰富细腻的内容的。文学使文字不朽。高尔基说："书籍包含着我们的先人，以及我们同代人的灵魂，书籍似乎就是人们在全世界范围内对本身事业的谈论，就是人类心灵关于生活的记载。"而一位罗马皇帝的临终遗言则是："我最初的故乡是书本。"同学们，为自己拥有那一"故乡"而读这一套书吧！尽管我们都不会愚蠢地梦想当皇帝……

写作使人再次成长

人皆一命，这是常识，不管多么喜欢写作的人，不管这样的人成为作家以后文学成就有多大，其肉体生命也还是只有一条。就此点而言，他或她不能例外于自然规律。

我的写作体会使我觉得，写作这件事，仿佛会使人经历再成长一次的过程。

婴儿期、童年、少年、青年、中年、老年——这是人人都要经历的成长过程。婴儿期的人是无为而被动的；童年和少年时期我们的人生开始为自己的生活感受涂上底色，但大抵，也仅仅是感受而已。到了青年时期，人开始有感慨有感悟了，于是生出思想。到了中年，人经历了世事的磨砺之后，思想往往发生嬗变。许多中年人都想再成长一次，但这又怎么可能？步入老年，不管曾多么乐观的人，往往也有难言的忧伤经常萦绕心头了，所谓"不羡神仙羡少年"的一种怅然。

然而喜欢写作的人不同。他或她通过写作这一件事，精神上、心理上足可以再成长一次。除了肉体生命，还有确确实实的一条精神生命伴随着自己。他可以通过写作一次又一次地重新"成长"一遍。即使他已经是一位老人了，他也可以想象自己才刚出生，还是婴儿，并且将此种想象完成为作品，奉献给世人，使更多的人感受"重新成长"的愉悦。

从这个意义上讲，高尔基通过他的《母亲》《童年》《我的大学》"重新成长"；鲁迅通过《社戏》《从百草园到三味书屋》"重新成长"……

写自己，这是写作者精神生命的童年。

写他者，这是写作者精神生命的青年。

写社会，这是写作者精神生命的中年。

写人类命运之远忧近虑，这是写作者精神生命的老年。

大抵如此。

写作者的精神生命越到老年反而越襟怀宽大。

不喜欢写作的人，或以为苦。何必的呢？打理好肉体生命之诸事，已然不易，干吗还非有一条什么"精神生命"与自己纠缠不清？

但喜欢写作的人明白——他或她的人生幸而也有"精神生命"的伴随，于是可以抵抗人人有时都难免会心生的虚无情绪，并奉献给他人一些自己的看法。

而这于己于人都往往是有益的。

百年文化的表情

　　千年之交，回眸凝睇，看中国百余年文化云涌星驰，时有新思想的闪电，撕裂旧意识的阴霾；亦有文人之呐喊，儒士之捐躯；有诗作檄文，有歌成战鼓；有鲁迅勇猛所掷的投枪，有闻一多喋血点燃的《红烛》；有《新青年》上下求索强国之道，有"新文化运动"势不两立的摧枯拉朽……

　　俱往矣！

　　历史的尘埃落定，前人的身影已远，在时代递进的褶皱里，百余年文化积淀下了怎样的质量？又向我们呈现着怎样的"表情"？

　　弱国文化的"表情"，怎能不是愁郁的？怎能不是悲怆的？怎能不是凄楚的？

　　弱国文人的文化姿态，怎能不迷惘？怎能不《彷徨》？怎能不以其卓越的清醒，而求难得之"糊涂"？怎能不以习惯了的温声细语，而拼作斗士般的仰天长啸？

　　当忧国之心屡遭挫创，当同类的头被砍太多，文人的遁隐，也就是自然而然的了。

倘我们的目光透过百年，向历史的更深远处回望过去，那么遁隐的选择，几乎也是中国古代文人的"时尚"了。

那么我们就不能不谈《聊斋志异》了。蒲松龄作古已近三百年；《聊斋志异》成书面世二百四十余年。所以要越过百年先论此书，实在因为它是我最喜欢的文言名著之一。也因近百年中国文化的扉页上，分明染着蒲松龄那个朝代的种种混杂气息。

蒲公笔下的花精狐魅，鬼女仙姬，几乎皆我少年时梦中所恋。

《聊斋志异》是出世的。

蒲松龄的出世是由于文人对自己身处当世的嫌恶。他对当世的嫌恶又由于他仕途的失意。倘他仕途顺遂，富贵命达，我们今人也许——就无《聊斋》可读了。

《聊斋》又是入世的，而且入得很深。

蒲松龄背对他所嫌恶的当世，用四百九十余篇小说，为自己营造了一个较适合他那一类文人之心灵得以归宿的"拟幻现世"。美而善的妖女们所爱者，几乎无一不是他那一类文人。自从他开始写《聊斋》，他几乎一生浸在他的精怪故事里，几乎一生都在与他笔下那些美而善的妖女眷爱着。

但毕竟的，他背后便是他们嫌恶的当世，所以那当世的污浊，漫过他的肩头，淹向着他的写案——故《聊斋》中除了那些男人们梦魂萦绕的花精狐魅，还有《促织》《梦狼》《席方平》中的当世丑类。

《聊斋》乃中国古代文化"表情"中亦冷亦温的"表情"。他以冷漠对待他所处的当世；他将温爱给予他笔下那些花狐鬼魅……

《水浒》乃中国百年文化前页中最为激烈的"表情"。由于它的激烈，自然被朝廷所不容，列为禁书。它虽产生于元末明初，所写虽是宋代的反民英雄，但其影响似乎在清末更大，预示着"山雨欲来风满楼"……

而《红楼梦》，撇开缠绵悱恻的爱情故事的主线，读后确给人一种盛极至衰的挽亡感。

此外还有《儒林外史》《官场现形记》《二十年目睹之怪现状》《老残游记》《孽海花》——构成着百年文化前页的谴责"表情"。

《金瓶梅》是中国百年文化前页中最难一言评定的一种"表情"。如果说它毕竟还有着反映当世现实的重要意义，那么其后所产生的不计其数的所谓"艳情小说"，散布于百年文化的前页中，给人，具体说给我一种文化在沦落中麻木媚笑的"表情"印象……

百年文化扉页的"表情"是极其严肃的。

那是一个中国近代史上出政治思想家的历史时期。在这扉页上最后一个伟大的名字是孙中山。这个名字虽然写在那扉页的最后一行，但比之前列的那些政治思想家都值得纪念。因为他不仅思想，而且实践，而且几乎成功。

于是中国百年文化之"表情"，其后不但保持着严肃，并在相当一个时期内是凝重的。

于是才会有"五四"，才会有"新文化运动"。

"新文化运动"是中国百年文化"表情"中相当激动相当振奋相当自信的一种"表情"。

鲁迅的作家"表情"在那一种文化"表情"中是个性最为突出的。《狂人日记》振聋发聩；"彷徨"的精神苦闷跃然纸上；《阿Q正传》和《坟》，乃是长啸般的"呐喊"之后，冷眼所见的深刻……

"白话文"的主张，当然该算是"新文化运动"中的一个事件。倘我生逢那一时代，我也会为"白话文"推波助澜的。但我不太会是特别激烈的一分子，因为我也那么的欣赏文言文的魅力。

"国防文学"和"大众文学"之争论，无疑是近代文学史上没有结论的话题。倘我生逢斯年，定大迷惘，不知该支持鲁迅，还是该追随"四条汉子"。

这大约是近代文学史上最没什么必要也没什么实际意义的争论吧？

"内耗"每每也发生在优秀的知识分子们之间。

但是于革命的文学、救国的文学、大众的文学而外，竟也确乎另有一批作家，孜孜于另一种文学，对大文化进行着另一种软性的影响——比如林语堂（他是我近年来开始喜欢的）、徐志摩、周作人、张爱玲……

他们的文学，仿佛中国现代文学"表情"中最超然的一种"表情"。

甚至，还可以算上朱自清。

从前我这一代人，具体说我，每以困惑不解的眼光看他们的文学。怎么在国家糟到那种地步的情况之下还会有心情写他们那一种闲情逸致的文学？

现在我终于有些明白——文学和文化，乃是有它们自己的"性情"的，当然也就会有它们自己自然而然的"表情"流露。表面看起来，作家和文化人，似乎是文学和文化的"主人"，或曰"上帝"。其实，规律的真相也许恰恰相反。也许——作家们和文化人们，只不过是文学和文化的"打工仔"。只不过有的是"临时工"，有的是"合同工"，有的是"终生聘用"者。文学和文化的"天性"中，原有愉悦人心，仅供赏析消遣的一面。而且，是特别"本色"的一面。倘有一方平安，文学和文化的"天性"便在那里施展。

这么一想，也就不难理解林语堂在他们处的那个时代与鲁迅相反的超然了；也就不会非得将徐志摩清脆流利的诗与柔石《为奴隶的母亲》对立起来看而对徐氏不屑了；也就不必非在朱自清和闻一多之间确定哪一个更有资格入史了。当然，闻一多和他的《红烛》更令我感动，更令我肃然。

历史消弭着时代烟霭，剩下的仅是能够剩下的小说、诗、散文、随笔——都将聚拢在文学和文化的总"表情"中……

繁荣在延安的文学和文化，是中国自有史以来，气息最特别的文学和文化，也是百年文化"表情"中最纯真烂漫的"表情"——因为它当时和一个最新最新的大理想连在一起。它的天真烂漫是百年内前所未有的。说它天真，是由于它目的单一；说它烂漫，是由于它充满乐观……

建国后，前十七年的文学和文化"表情"是"好孩子"式的。偶有"调皮相"，但一遭眼色，顿时中规中矩。

"文革"中的文学和文化"表情"是面具式的。是百年文化中最做作最无真诚可言的最讨厌的一种"表情"。

"新时期文学"的"表情"是格外深沉的。那是一种真深沉。它在深沉中思考国家，还没开始自觉地思考关于自己的种种问题……

八十年代后期的文学和文化"表情"是躁动的，因为中国处在躁动的阶段……

九十年代前五年的文化"表情"是"问题少年"式的。它的"表情"意味着——"你"有千条妙计，"我"有一定之规……

九十年代后五年的文化"表情"是一种"自我放纵"乐在其中的"表情"。"问题少年"已成独立性很强的"青年"。它不再信崇什么。它越来越不甘再被拘束，它渴望在"自我放纵"中走自己的路。这一种"自我放纵"有急功近利的"表情"特点，也每有急赤白脸的"表情"特点，还似乎越来越玩世不恭……

据我想来，在以后的三五年中，中国当代文学和文化，将会在"自我放纵"的过程中渐渐"性情"稳定。归根结底，当代人不愿长期地接受喧嚣浮躁的文学和文化局面。

归根结底，文学和文化的主流品质，要由一定数量一定质量的创作来默默支撑，而非靠一阵阵的热闹及其他……

　　情形好比是这样的——百年文化如一支巨大的"礼花"，它由于受潮气所侵而不能至空一喷，射出满天灿烂，花团似锦；但其断断续续喷出的光彩，毕竟辉辉烁烁照亮过历史，炫耀过我们今人的眼目。而我们今人是这"礼花"的最后的"内容"……

　　我们的努力喷射恰处人类的千年之交。

　　当文学和文化已经接近着自由的境况，相对自由了的文学和文化还会奉献什么？又该是怎样的一种"表情"？什么是我们自己该对自己要求的质量？

　　新千年中的新百年，正期待着回答……

指证中国文化之摇篮

我以我眼回顾历史，正观之，侧望之，于是，几乎可以得出一个特别自信的结论——所谓中国文化之相对具体的摇篮，不是中国的别的地方，尤其并不是许多中国人长期以来以为的中国的大都市。不，不是那样。恰恰相反，它乃是中国的小城和古镇，那些千百年来在农村和大城市间星罗棋布的小城和古镇。

仅以现代史一页为例，我们所敬重的众多彪炳史册的文化人物，都曾在中国的小城和古镇留下过童年和少年时期成长的身影。小城和古镇，也都必然地以它们特有的文化底蕴和风土人情濡染过他们。开一列脱口而出的名单，那也委实是气象大观。如蔡元培、王国维、鲁迅、郭沫若、茅盾、叶圣陶、郁达夫、丰子恺、徐志摩、废名、苏曼殊、凌叔华、沈从文、巴金、艾芜、张天翼、丁玲、萧红……

这还没有包括一向在大学执教的更多的文化人士，如朱自清，闻一多们；而且，也没有将画家们、戏剧家们、早期电影先驱者们以及哲学、史学等诸文化学科的学者们加以点数……

我要指出的是——小城和古镇，不单是他们的出生地，也是他们初期的文化品格和文化理念的形成地。看他们后来的文化作为，那初期的烙印都是印得很深的。

小城和古镇，有德于他们，因而，也便有德于中国之近代的文化。

摇篮者，盖人之初的梦乡的所在也。大抵，又都有歌声相伴，哪怕是愁苦的，也是歌，必不至于会是吼。通常，也不一向是哀哭。

故我以为，"厚德载物"四字，中国之许许多多的小城和古镇，那也是绝然当之无愧的。它们曾"载"过的不单是物也，更有人也，或曰人物。在他们还没成人物的时候，给他们以可能成为人物的文化营养。

小城和古镇的文化，比作家常菜，是极具风味的那一种，大抵加了各种的佐料腌制过的；比作点心，做法往往是丝毫也不马虎的，程序又往往讲究传统，如糕——很糯口的一种；比作酒，在北方，浓烈，"白干"是也，在南方，绵醇，自然是米酒了。

小城和古镇，于地理位置上，即在农村和城市之间，只需年景太平，当然也就大得其益于城乡两种文化的滋润了。大都市何以言为大都市，乃因它们与农村文化的脐带终于断了。不断，便大不起来。既已大，便渐生出它自己必备的文化了。一旦必备了，则往往对农村文化侧目而视了。就算也还容纳些个，文化姿态上，难免地已优越着了。而农村文化，于是产生自知之前，敬而远之。小城和古镇却不同，它们与农村在地理位置上的距离一般远不到哪儿去。它们与农村文化始终保持着亲和关系。它们并不想剪断和农村文化之间的脐带，也不以为鄙薄农村文化是明智之举。因为它们自己文化的不少部分，千百年来，早已与农村文化胶着在一起，撕扯不开了。正所谓藕断丝连，用北方话说——"打断骨头连着筋"。另一方面，小城和古镇，是大都市商业的脚爪最先伸向的地方，因为这比伸入到国外去容易得多，便利得多。大都市的商业的脚爪，不太有可能越过阻隔在它和农村之间的小城和古镇，直接伸向农村并达到获利之目的。它们在商业利益的驱使下，不得不与小城和古镇发生较密切的关系。有时，甚至不得不对后者表现青睐。于是，它们便也将大都市的某些文明带给小城和古镇了。起初是物质的，随之是文化的。比如小城和古镇起先也出现留声机的买卖了，随之便会有人在唱流行歌曲了。而小城和古镇的知识起来了的青年们，他们对于大都市里的文明自然是心向往之的。既向往物质的，更向往文化的。他们对于大都市里的文明的反应是极为敏感的。而只有对事物有敏感反应的人，其头脑里才会有敏感的思想可言。故一个小城和古镇中的知识起来了的青年，他在还没有走向大都市之前，已经是相当有文化思想的人了，比大都市中的知识起来了的青年更有文化思想。因为他们是站在一个特殊的文化立场，即小城和古镇的文化立场；进言之，乃是一种较传统的文化立场来审视大都市文明的。那可能保守，可能偏狭，可能极端，然而，对于文化人格型的青年，立场和观点的自我矫正，只不过是早晚之事。他们有自我矫正的本能和能力。他们一旦成为大都市中人，再反观来自的小城和古镇，往往又另有一番文化的心得。古老的和传统的文化与现代的和新潮的文化思想，在他们的头脑中发酵，化合，或扬或弃，或守或拒，反映到他们的文化作为方面，便极具个性，便凸显特征，于是使中国的现代现象由而景观纷呈。何况，他们的文化方面的启蒙者，亦即那些小城里的学堂教师和古镇里的私塾先生，又往往是在大都市里谋求过人生的人，载誉还乡也罢，失意归里也罢，总之是领略过大都市的文化的。他们对大都市文化那一种经过反刍了的体会，也往往会在有意无意之间哺予他们所教的学生们。

　　谈论到他们，于是才谈论到我这一篇短文的自以为的要点，那便是——我以我的眼看来，我们中国之文化历史，上下五千年，从大都市到小城到古镇，原本有一条自然而然形成的链条；一个世纪又一个世纪一代又一代形形色色的文化人归去来兮往复不已的身影，作为其中典型的代表人物是孔子。他人生的初衷是要靠了他的学识治国平天下的，说白了那初衷是要"服官政"的。当不成官，他还有一条退路，即教书育人。在还有这一条退路的前提之下，才有孔门的弟子三千，贤者七十。他们中之大多数，后来也都成了"坐学馆"的人或乡间的私塾先生。而且其学馆，又往往开设在躲避大都市浮躁的小城和古镇。小城和古镇，由而代代的才人辈出，一个世纪又一个世纪地输送往大都市；大都市里的文化舞台，才从不至于冷清。又，古代的中国，一名文化了的人士，一辈子为官的情况是不多的。脱下官袍乃是经常的事。即使买官的人，花了大把的银子，通常也只能买到一届而已。即使做官做到老的人，一旦卸却官职，十有七八并不留居京都，而是举家还乡。若他们文化人的本性并没有因做官而彻底改变，仍愿老有所为，通常所做第一件第一等有意义的事，那便是兴教办学。而对仕途丧失志向的人，则更甘于一辈子"坐馆"，或办私塾。所谓中国文化人士传统的"乡土情结"，其实并不意味着对农村的迷恋，而是在离农村较近的地方固守一段也还算有益于他人有益于国家民族的人生，即授业育人的人生。上下五千年，至少有三千年的历史中，每朝每代，对中国文化人的这一退路，还是明白应该给留着的。到了近代，大清土崩瓦解，民国时乖运戾，军阀割据，战乱不息，强寇逞凶，疆土沦丧——纵然在时局这么恶劣的情况之下，中国之文化人士，稍得机遇，那也还是要力争在最后的一条退路上孜孜以求地做他们愿做的事情的……

然而，在一九四九年以后的历次政治运动中，他们连一心想要做的都做不成了。他们配不配做，政治上的资格成了问题。一方面，从大都市到小城到古镇到农村，中国之一切地方，空前需要知识和文化的讲授者，传播者；另一方面，许许多多文化人士和知识分子在运动中被无情地打入另册，从大都市发配甚或押遣原籍——亦即他们少年时期曾接受过良好文化启蒙的小城和古镇。更不幸者，被时代如扫垃圾一般扫回到了他们所出生的农村。然后是"反右"，再然后是"文革"，文化人士和知识分子魂牵梦绕的故乡，成了他们的人生厄运开始的地方。而农村、古镇、小城、大都市之间，禁律条条，人不得越雷池半步……

一条由文化人士和知识分子们的自然流动所形成的文化的循环往复的链条，便如此这般地被钳断了，受到文化伤害最深重的是小城和古镇。从前给它们带来文化荣耀感的成因，一经彻底破坏，在人心里似乎就全没了意义和价值……

碎玉虽难复原，断链却是可以重新接上的。

今天，我以我的眼看到，某些以文化气息著称的小城和古镇，正在努力做着织结文化经纬的事情。总有一天，某些当代的文化人士和知识分子，厌倦了大都市的浮躁和喧嚣，也许还会像半个多世纪以前那样，退居故里。并且，在故里，尽力以他们的存在，氤氲一道道文化的风景。

是啊，那时，中国的一些小城和古镇，大概又会成为中国之文化的摇篮吧？

论"苦行文化"之流弊

理念好比粘在树叶上的蝶的蛹——要么生出美丽，要么变出毛虫。

不知从什么时候开始，从报刊上繁衍着一种荒唐又荒谬的文化意识，我把它叫作"苦行文化"的意识。

其特征是——宣扬文化人及一切文艺家人生苦难的价值，并装出很虔诚很动情的样子，推行对那一种苦难的崇拜与顶礼。

曹雪芹一生只写了一部《红楼梦》，而且后来几乎是在贫病交加，终日以冻高粱米饭团充饥的情况之下完成传世名作的。

在我看来，这是很值得同情的。我一向确信，倘雪芹的命运好一些，比如有条件讲究一点饮食营养的话，那么他也许会多活十年。那么也许除了《红楼梦》，他还将为后世再多留下些文化遗产……

有些人可不是这么看问题。他们似乎认为——贫病交加和冻高粱米饭团构成的人生，肯定与世界名著之间有着某种意义重大的、必然的联系。似乎，非此等人生，便断难有经典之作……

仿佛，曹雪芹的命，既祭了文学，那苦难就不但不必同情，简直还神圣得很了。

对于梵高，他们也是这么看的。

还有八大山人……

还有瞎子阿炳……

还有古今中外许许多多命运悲惨凄苦的文化人和文艺家……

仿佛，中国文化和文艺的遗憾，甚至唯一的遗憾仅仅在于——中国再也不产生以自己的命祭文化和艺术，并且虽苦难犹觉荣幸之至犹觉神圣之至的人物了！

这真是一种冷酷得近乎可怕的理念。也无疑是一种病态的逻辑意识。好比这样的情形——风雪之日一名工匠缩在别人的洞里一边咳血一边创作，足旁行乞的破碗且是空的，而他们看见了却眉飞色舞地赞曰："好动人哟！好伟大哟！伟大的艺术从来都是这么产生的！"要是有谁生了恻隐之心欲开门纳之，暖以衣袍，待以茶饭，我想象，他们可能还会赶紧地大加阻止，斥曰："嘟！这是干什么？尔等打算破坏真艺术的产生么?！"

如果谁周围有这样的人士，那么请观察他们吧！于是将会发现，其实他们的言论和他们自己的人生哲学是根本相反的——他们不但绝不肯为了什么文化和文艺去蹈任何的小苦难，而且，连一丁点儿小委屈小丧失都是不肯承受的。

但他们却总是企图不遗余力地向世人证明他们的文化理念的纯洁和至高无上。证明的方式几乎永远是礼赞别的文化人和艺术家的苦难。似乎通过这一种礼赞，宣言了他们自己正实践着的一种文化和艺术的境界。而我们当然已经看透，这是他们赖以存在，并且力争存在得很滋润很优越的招数。我想，文化人和艺术家自身命运的苦难，与成就伟大的文化和伟大的艺术之间的关系，虽然有时是直接的，但并非逻辑上必然的。鲁迅先生曾说过——"文章憎命达"。当然这话也未必始于鲁迅之口，而是引用了前人的话。

这是有一定道理的。如果一个人生来有福过着王公般的生活，那么创作的冲动和刻苦，就将被富贵的日子溶解了。例外是有的，但是大抵如此。

鲁迅先生在一篇小品文中也传达过这样的观点——倘人生过于不济，天才便会被苦难毁灭。不要说什么大苦大难了，就是要写好一篇短文，一般人毕竟尚需一二小时的安静。倘谁一边在写着，一边耳闻床上的孩子饥啼，老婆一边不停地让他抬脚，并一棵接一棵往他的写字桌下码白菜，那么他的短文是什么货色可想而知……

全世界一切与苦难有关的优秀的文学和艺术，优秀之点首先不在产生于苦难，而在忠实地记录了时代的苦难。纳粹集中营里根本不会产生任何文学和艺术，尽管那苦难是登峰造极的。记录只能是后来的事。"文革"十年、中国之文学和艺术几乎一片空白，不是由于当年的文学家和艺术家都幸福得不愿创作了，而是恰恰相反。

这么一想，真是心疼曹雪芹，心痛梵高，心痛八大山人和瞎子阿炳们啊……

在他们所处的时代，倘有文化人和艺术家的人生救济基金会存在着的话，那多好啊！

还有伟大的贝多芬，我们人类真是对不起这位千古不朽的大师啊！他晚年的命运竟那么的凄惨，我们今人在富丽堂皇的场所无偿地演奏大师的乐章，无偿地将他的命运搬上银幕，无偿地将他的乐章制成音带和音碟，并且大赚其钱时，如果我们居然还连他的苦难也一并欣赏，我们当代人多么的不是玩意儿呢?！

"苦行文化"的意识，是企图将文化和艺术用某种崇敬意识加以异化的意识。而这其实是比文化和艺术的商业化更有害的意识。

因为，后者只不过使文化和艺术泡沫化。成堆成堆的泡沫热热闹闹地涌现又破灭之后，总会多少留下些"实在之物"；而前者，却企图规定文化人和艺术家的人生应该是怎样的，不应该是怎样的。并且误导世人，文化人和艺术家的苦难，似乎比他们留给世人的文化遗产和艺术经典更美！起码，同样的美……

不，不是这样的。文化人和艺术家的苦难，从来不是文化和艺术必须要求他们的，也和一切世人的苦难一样，首先是人类不幸的一部分。

我这么认为……

我与唐诗宋词

信笔写出以上一行字，我犹豫良久，打算改——因为我对于唐诗、宋词半点儿学识也没有，只是特别喜欢罢了。单看那一行字，倒像我是一位专门研究唐诗、宋词的专家学者似的。转而一想，左不过就是一篇回忆性小文章的题目，而且，也比较地能概括内容，那么不改也罢。

当年我下乡的地方，属于黑龙江边陲的瑷珲县，是中苏边境地带。如果我们知青要回城市探家，必经一个叫"西岗子"的小镇。那镇真是小极了，仅百余户人家，散布在公路两侧，包括一家小旅店、一家小饭馆、一家小杂货铺和理发铺及邮局。"西岗子"设有边境地区检查站，过往行人车辆都须凭"边境通行证"，知青也不例外。

有一年我探家回兵团，由于没搭上车，不得不在"西岗子"的旅店住了一夜。其实，说是旅店，哪儿像旅店呢！住客一间屋，大通铺；一门之隔就是店主一家，老少几口。据说那人家是解放初剿匪烈士的家属，当地政府体恤和关爱他们，允许他们开小旅店谋生。按今天的说法，是"家庭旅店"。

天黑后，我正要睡下，但听门那边有个男人大声喊："二××，瞎啦？你小弟又拉地上了，你没看见呀！快给他擦屁股，再把屎收拾了！……"

于是一个十二三岁的小女孩儿，跑到我们住客这边的屋里来，掀起一角炕席，抄起一本书转身跑回门那边去了……书使我的眼睛一亮。那个年代，对于爱看书的青年，书是珍稀之宝。

一会儿小女孩儿又回到门这边，掀起炕席欲将书放在原处。我问："什么书啊？"

她摇摇头说："不知道，我不认识字。"

我又问："你刚才拿书干什么去呢？"

她眨着眼说："我小弟拉屎了，我撕几页替他擦屁股呀！"她那模样，仿佛是在反问——书另外还能干什么用呢？我说："让我看看行吗？"她就默默地将书递给了我。我翻看了一下，见是一本《唐诗三百首》，前后已都撕得少了十几页。那个年代中国有些造纸厂的质量不过关，书页极薄，似乎也挺适合擦小孩屁股的。我又是惋惜又是央求地说："给我行不？"她立刻又摇头道："那可不行。"——见我舍不得还她，又说，"你当手纸用几页行。"我继续央求："我不当手纸用，我是要看的。给我吧！"她为难地说："这我不敢做主呀！我们这儿的小杂货店里经常断了手纸卖，要给了你，我们用什么当手纸呢？住客又用什么当手纸呢？……"

我猛地想到，我的背包里，有为一名知青伙伴从城市带回来的一捆成卷的手纸。便打开背包，取出一卷，商量地问："我用这一卷真正的手纸换行不了？"

她说："你包里那么多，你用两卷换吧！"于是我用两卷手纸换下了那一本残缺不全的《唐诗三百首》……第二天一早，我离开那小旅店时，女孩儿在门外叫住了我。"叔叔，我昨天晚上占你便宜了吧？"——

不待我开口说什么，她将伸在棉袄衣襟里的一只小手抽了出来，手里竟拿着另一本书。她接着说："这一本书还没撕过呢，也给你吧！这样交换就公平了。我们家人从不占住客的便宜。"

我接过一看，见是《宋词三百首》。封面也破旧了，但毕竟还有封面，依稀可见一行小字是"中国传统文化丛书"。我深深地感动于小女孩儿的待人之诚，当即掏出一元钱给她，摸了她的头一下，迎着风雪大步朝公路走去……

回到连队，我与知青伙伴发生了一番激烈的争执——他认为那一本完整的《宋词三百首》理应归他，因为是用他的两卷手纸换的；我说才不是呢，用他的两卷手纸换的，是那本残缺不全的《唐诗三百首》，而实际情况是，完整的《宋词三百首》是我用一元钱买下的……

如今想来，当年的争执很可笑。究竟哪一本算是用两卷手纸换的，哪一本算是用一元钱买下的，又怎么争执得清呢？

然而一个事实是——那一本残缺不全的《唐诗三百首》和那一本完整的《宋词三百首》，伴我们度过了多少寂寞的日子，对我们曾很空虚过的心灵，起到了抚慰的作用……

当年，我竟也心血来潮写起古体诗词来：

轻风戏青草，
黄蜂觅黄花。
春水一潭静，
田蛙几声呱。

如今，《唐诗三百首》和《宋词三百首》已成我的枕边书，都是精装版本，内有优美插图。如今，捧读这两本书中的一本，每倏然地忆起西岗子，忆起那小女孩，忆起当年之事……

唐诗宋词的背面

衣裳有衬，履有其里，镜有其反，今概称之为"背面"。细细想来，世间万物，皆有"背面"，仅宇宙除外。因为谁也不曾到达过宇宙的尽头，便无法绕到它的背面看个究竟。

纵观中国文学史，唐诗宋词，成就灿然。可谓巍巍兮如高山，荡荡兮如江河。

但气象万千瑰如宝藏的唐诗宋词的背面又是什么呢？

以我的眼，多少看出了些男尊女卑。肯定还另外有别的什么不美好的东西，夹在它的华丽外表的褶皱间。而我眼浅，才只看出了些男尊女卑，便单说唐诗宋词的男尊女卑吧！

于是想到了全唐诗。

《全唐诗》由于冠以一个"全"字，所以薛涛、鱼玄机、李冶、关盼盼、步非烟、张窈窕、姚月华等一批在唐代诗名播扬，诗才超绝的小女子们，竟得以幸运地录中有名，编中有诗。《全唐诗》乃"御制"的大全之集，薛涛们的诗又是那么的影响广远，资质有目共睹；倘以单篇而论，其精粹、其雅致、其优美，往往不在一切唐代的能骈善赋的才子们之下，且每有奇藻异韵令才子们也不由得不心悦诚服五体投地。故，《全唐诗》若少了薛涛们的在编，似乎也就不配冠以一个"全"字了。由此我们倒真的要感激三百多年前的康熙老爷子了。他若不兼容，曾沦为官妓的薛涛，被官府处以死刑的鱼玄机，以及那些或为姬，或为妾，或什么明白身份也没有，只不过像"二奶"似的被官，被才子们，或被才子式的官僚们所包养的才华横溢的唐朝女诗人们的名字，也许将在康熙之后三百多年的历史沧桑中渐渐消失。有一个不争的事实，那就是——无论在《全唐诗》之前还是在《全唐诗》之后的形形色色的唐诗选本中，薛涛和鱼玄机的名字都是较少见的。尤其在唐代，在那些由亲诗爱诗因诗而名的男性诗人雅士们精编的选本中，薛涛、鱼玄机的名字更是往往被摈除在外。连他们自己编的自家诗的选集，也都讳莫如深地将自己与她们酬和过的诗篇剔除得一干二净，不留痕迹；仿佛那是他们一时的荒唐，一提都耻辱的事情；仿佛在唐代，根本不曾有过诗才绝不低于他们，甚而高于他们的名字叫薛涛、鱼玄机的两位女诗人；仿佛他们与她们相互赠予过的诗篇，纯系子虚乌有。连薛涛和鱼玄机的诗人命运都如此这般，更不要说另外那些是姬、是妾、是妓的女诗人之才名的遭遇了。在《全唐诗》问世之前，除了极少数如李清照那般出身名门又幸而嫁给了为官的名士为妻的女诗人的名字入选某种正统诗集，其余的她们的诗篇，则大抵是由民间的有公正心的人士一往情深地辑存了的。散失的比辑存下来的不知要多几倍。我们今人竟有幸也能读到薛涛、鱼玄机们的诗，实在是沾了康熙老爷子的光。而我们所能读到的她们的诗，不过就是收在《全唐诗》中的那些。不然的话，我们今人便连那些恐怕也是读不到的。

看来，身为男子的诗人们、词人们，以及编诗编词的文人雅士们，在从前的历史年代里，轻视她们的态度是更甚于以男尊女卑为纲常之一的皇家文化原则的。缘何？无他，盖因她们只不过是姬、是妾、是妓而已。而从先秦两汉到明清朝代，才华横溢的女诗人女词人，其命运又十之八九几乎只能是姬、是妾、是妓。若不善诗善词，则往往连是姬是妾的资格也轮不大到她们。沦为妓，也只有沦为最低等的。故她们的诗、她们的词的总体风貌，不可能不是幽怨感伤的。她们的才华和天分再高，也不可能不经常呈现出备受压抑的特征。

让我们先来谈谈薛涛——涛本长安良家女子，因随父流落蜀中，沦为妓。唐之妓，分两类。一曰"民妓"，一曰"官妓"。"民妓"即花街柳巷卖身于青楼的那一类。这一类的接客，起码还有巧言推却的自由。涛沦为的却是"官妓"。其低等的，服务于营，实际上如同当年日军中的"慰安妇"。所幸涛属于高等，只应酬于官僚士大夫和因诗而名的才子雅士们之间。对于她的诗才，他们中有人无疑是倾倒的。"扫眉才子知多少，管教春风总不如"，便是他们中谁赞她的由衷之词。而杨慎曾夸她："元、白（元稹、白居易）流纷纷停笔，不亦宜乎！"但她的卑下身份却决定了，她首先必须为当地之主管官僚所占有。他们宴娱享乐，她定当随传随到，充当"三陪女"角色，不仅陪酒，还要小心翼翼以俏令机词取悦于他们，博他们开心。一次因故得罪了一位"节帅"，便被"下放"到军营去充当军妓。不得不献诗以求宽恕，诗曰：

> 闻道边城苦。今来到始知。
> 羞将筵上曲，唱与陇头儿。
> 黠虏犹违命，烽烟直北愁。
> 却教严谴妾，不敢向松州。

松州那儿的军营，地近吐鲁番；"陇头儿"，下级军官也；"门下曲"，自然是下级军官们指明要她唱的黄色小调。第二首诗的后两句，简直已含有泣求的意味儿。

因诗名而服官政的高骈，镇川时理所当然地占有过薛涛。元稹使蜀，也理所当然地占有过薛涛。不但理所当然地占有，还每每在薛涛面前颐指气使地摆起才子和监察使的架子，而薛涛只有忍气吞声自认卑下的份儿。若元稹一个不高兴，薛涛便又将面临"下放"军营之虞。于是只得再献其诗以重博好感。某次竟献诗十首，才哄元稹稍悦。元稹高兴起来，便虚与委蛇，许情感之"空头支票"，承诺将纳薛涛为姜云云。

且看薛涛献元稹的《十离诗》之一《鹦鹉离笼》：

陇西独自一孤身，飞来飞去上锦茵。
都缘出语无方便，不得笼中再唤人！

"锦茵"者，妓们舞蹈之毯；"出语无方便"，说话不讨人喜欢耳；那么结果会怎样呢？就连在笼中取悦地叫一声主人名字的资格都丧失了。

在这样一种难维自尊的人生境况中，薛涛也只有"不结同心人，空结同心草"；也只有"但娱春日长，不管秋风早"；也只有"唱到白苹洲畔曲，芙蓉空老蜀江花！"……

如果说薛涛才貌绝佳之年也曾有过什么最大的心愿，那么便是元稹娶她为姜的承诺了。论诗才，二人其实难分上下；论容颜，薛涛也是极配得上元稹的。但元稹又哪里会对她真心呢？娶一名官妓为姜，不是太委屈自己才子加官僚的社会身份了么？尽管那等于拯救薛涛出无边苦海。元稹后来是一到杭州另就高位，便有新欢，从此不再关心薛涛之命运，连封书信也无。

且看薛涛极度失落的心情：

> 揽草结同心，将以遗知音。
> 春愁正断绝，春鸟复哀吟。

薛涛才高色艳年纪轻轻时，确也曾过了几年"门前车马半诸侯"的生活。然那一种生活，是才子们和士大夫官僚们出于满足自己的虚荣和娱乐而恩赐给她的，一时的有点儿像《日出》里的陈白露的生活，也有点儿像《茶花女》中的玛格丽特的生活。不像她们的，是薛涛这一位才华横溢的女诗人自己，诗使薛涛的女人品味远远高于她们。

与薛涛有过芳笺互赠，诗文唱和关系的唐代官僚士大夫，名流雅士，不少于二十人。如元稹、白居易、牛僧孺、令狐楚、裴度、张籍、杜牧、刘禹锡等。

但今人从他们的诗篇诗集中，是较难发现与薛涛之关系的佐证的，因为他们无论谁都要力求在诗的史中护自己的清名。尽管在当时的现实生活中他们并不在乎什么清名不清名的，官也要当，诗也要作，妓也要狎……

与薛涛相比，鱼玄机的下场似乎更是一种"孽数"。玄机亦本良家女子，唐都长安人氏。自幼天资聪慧，喜爱读诗，及十五六岁，嫁作李亿妾。"大妇妒不能容，送咸宜观出家为女道士。在京中时与温庭筠等诸名士往还颇密。"其诗《赠邻女》，作于被员外李亿抛弃之后：

> 羞日遮罗袖，愁春懒起妆。
> 易求无价宝，难得有心郎。
> 枕上潜垂泪，花间暗断肠。
> 自能窥宋玉，何必恨王昌。

从此，觅"有心郎"，乃成玄机人生第一大愿。既然心系此愿，自是难以久居道观。正是——"欲求三清长生之道，而未能忘解佩临枕之欢"。于是离观，由女道士而"女冠"。所谓"女冠"，亦近艺，只不过名分上略高一等。她大部分诗中，皆流露对真爱之渴望，对"有心郎"之慕求的主动性格。修辞有时含蓄，有时热烈，浪漫且坦率。是啊，对于一位是"女冠"的才女，还有比"自能窥宋玉，何必恨王昌"这等大胆自白更坦率的吗？

然虽广交名人、雅士、才子，于他们中真爱终不可得，也终未遇见过什么"有心郎"。倒是一次次地、白白地将满心怀的缠绵激情和热烈之恋空抛空撒，换得的只不过是他们的逢场作戏对她的打击。

有次，一位与之要好的男客来访，她不在家。回来时婢女绿翘告诉了她，她反疑心婢女与客人有染，严加笞审，致使婢女气绝身亡。

此时的才女鱼玄机，因一番番深爱无果，其实心理已经有几分失常。事发，问斩，年不足三十。

悲也夫绿翘之惨死！
骇也夫玄机之猜祸！

《全唐诗》纳其诗四十八首，仅次于薛涛，几乎首首皆佳，诗才不让薛涛。

更可悲的是，生前虽与温庭筠情诗唱和频繁，《全唐诗》所载温庭筠全部诗中，却不见一首温回赠她的诗。而其诗中"如松匪石盟长在，比翼连襟会肯迟"句，成了才子与"女冠"之亲密接触的大讽刺。

在诗才方面，与薛涛、鱼玄机三璧互映者，当然便是李冶了。她"美姿容，善雅谑，喜丝弦，工格律。生性浪漫，后出家为女道士，与当时名士刘长卿、陆羽、僧皎然、朱放、阎伯钧等人情意相投"。

玄宗时，闻一度被召入宫。后因上书朱泚，被德宗处死。也有人说，其实没迹于安史之乱。

冶之被召入宫，毫无疑问不但因了她的多才多艺，也还得幸于她的"美姿容"。宫门拒丑女，这是常识，不管多么的才艺双全。入宫虽是一种"荣耀"，却也害了她。倘她的第一种命运属实，那么所犯乃"政治罪"也。即使其命运非第一种，是第二种，想来也肯定地凶多吉少；一名"美姿容"的小女子，且无羽庇护，在万民流离的战乱中还会有好的下场么？

《全唐诗》中，纳其诗十八首，仅遗于世之数。冶诗殊少绮罗香肌之态，情感真切，修辞自然。今我读其诗，每觉下阕总是比上阕更好。大约因其先写景境，后陈心曲，而心曲稍露，便一向能拨动读者心弦吧。所爱之句，抄于下：

湓城潮不到，夏口信应稀。

唯有衡阳雁，年年来去飞。

其盼情诗之殷殷，令人怜怜不已。以"潮不到"之对"信应稀"，可谓神来之笔。又如：

远水浮仙棹，寒星伴使车。

因过大雷岸，莫忘几行书。

郁郁山木荣，绵绵野花发。

别后无限情，相逢一时说。

驰心北阙随芳草，极目南山望旧峰。

桂树不能留野客，沙鸥出浦谩相逢。

……薛涛也罢，鱼玄机也罢，李冶也罢，她们的人生主要内容之一，总是在迎送男人。他们皆是文人雅士，名流才子。每有迎，那一份欢欣喜悦，遍布诗中；而每送，却又往往是泥牛入海，连她们殷殷期盼的"几行书"都再难见到。然她们总是在执着而又迷惑地盼盼盼，思念复思念，"才下眉头，却上心头"。

唐代女诗人中"三璧"之名后，要数关盼盼尤须一提了。她的名，似乎可视为唐宋两代女诗人女词人们的共名——"盼盼"，其名苦也。

关盼盼，徐州妓也，张建封纳为妾。张殁，独居鼓城故燕子楼，历十余年。白居易赠诗讽其未死。盼盼得诗，注曰："妾非不能死，恐我公有从死之妾，玷清范耳。"乃和白诗，旬日不食而卒。

那么可以说，盼盼绝食而亡，是白居易以其大诗人之名压迫的结果。作为一名妾，为张守节历十余年，原本不关任何世人什么事，更不关大诗人白居易什么事。家中宠着三姬四妾的大诗人，却竟然作诗讽其未死，真不知是一种什么样的心理使然。

其《和白公诗》如下：

自守空楼敛恨眉，形同春后牡丹枝。

舍人不会人深意，讶道泉台不去随。

遭对方诗讽，而仍尊对方为"白公""舍人"，也只不过还诗略作"舍人不会人深意"的解释罢了。此等宏量，此等涵养，虽卑为妓、为妾，实在白居易们之上也！而《全唐诗》的清代编辑者们，却又偏偏在介绍关盼盼时，将白居易以诗相嘲致其绝食而死一节，白纸黑字加以注明，真有几分"盖棺定论"，不，"盖棺定罪"的意味。足见世间自有公道在，是非曲直，并不以名流之名而改而变！

且将以上四位唐代杰出女诗人的命运按下不复赘言，再说那些同样极具诗才的女子，命善者实在无多。

如步非烟——"河南府功曹参军之妾，容质纤丽，善秦声，好文墨。邻生赵象，一见倾心。始则诗笺往还，继则逾垣相从。周岁后，事泄，惨遭笞毙"。

想那参军，必半老男人也。而为妾之非烟，时年也不过二八有余。倾心于邻生，正所谓青春恋也。就算是其行该惩，也不该当夺命。活活鞭抽一纤丽小女子至死，忒狠毒也。

其生前《赠赵象》诗云：

> 相思只恨难相见，相见还愁却别君。
> 愿得化为松上鹤，一双飞去入行云。

正是，爱诗反为诗祸，反为诗死。

唐代的女诗人们命况悲楚，宋代的女词人们，除了一位李清照，因是名士之女，又是太学士之妻，摆脱了为姬、为妾、为婢、为妓的"粉尘"人生而外，她们十之七八亦皆不幸。

如严蕊——营妓，"色艺冠一时，间作诗词，有新语，颇通古今"。

宋时因袭唐风，官僚士大夫狎妓之行甚靡。故朝廷限定——地方官只能命妓陪酒，不得有私情，亦即不得发生肉体上的关系。官场倾轧，一官诬另一官与蕊"有私"，株连于蕊，被拘入狱，备加垂楚。蕊思己虽身为贱妓，"岂可妄言以污士大夫"，拒作伪证。历两月折磨，委顿几死。而那企图使她屈打成招的，非别个，乃因文名而服官政的朱熹是也。后因其事闹到朝廷，朱熹改调别处，严蕊才算结束了牢狱之灾，刑死之祸。时人因其舍身求正，誉为"妓中侠"。宋朝当代及后代词家们，皆公认其才仅亚薛涛。

"不是爱风尘，似被前缘误"之名句，即出严蕊《卜算子》中。

如吴淑姬——本"秀才女，慧而能诗，貌美家贫，为富室子所占有，或诉其奸淫，系狱，且受徒刑"。

其未入狱前，因才色而陷狂蜂浪蝶们的追猎重围。入狱后，一批文人雅士前往理院探之。时冬末雪消，命作《长相思》词。稍一思忖，捉笔立成：

> 烟菲菲，雪菲菲，雪向梅花枝上堆，春从何处回？醉眼开，睡眼开，疏影横斜安在哉，从教塞管催。

如朱淑真、朱希真都是婚姻不幸终被抛弃的才女。二朱中又以淑真成就大焉，被视为李清照之后最杰出的女诗人。坊间相传，她是投水自杀的。

如身为营妓而绝顶智慧的琴操，在与苏东坡试作参禅问答后，年华如花遂削发为尼。在妓与尼之间，对于一位才女，又何谓稍强一点儿的人生出路呢？

如春娘——苏东坡之婢。东坡竟以其换马。春娘责曰："学士以人换马，贵畜贱人也！"口占一绝以辞：

> 为人莫作妇人身，百般苦乐由他人。
> 今日始知人贱畜，此生苟活怨谁嗔！

文人雅士名流间以骏马易婢，足见春娘美婢也。

这从对方交易成功后沾沾自喜所作的诗中便知分晓：

不惜霜毛雨雪蹄，等闲分付赎峨眉，

虽无金勒嘶明月，却有佳人捧玉卮。

　　以美婢而易马，大约在苏东坡一方，享其美已足厌矣。而在对方，也不过是又得了一名捧酒壶随侍左右的漂亮女奴罢了。春娘下阶后触槐而死。

　　如温琬——当时京师士人传言："从游蓬岛宴桃源，不如一见温仲青。"而太守张公评之曰："桂枝若许佳人折，应作甘棠女状元。"虽才可作女状元，然身为妓。

　　其《咏莲》云：

　　　　深红出水莲，一把藕丝牵。

　　　　结作青莲子，心中苦更坚。

　　其《书怀》云：

　　　　鹤未远鸡群，松梢待拂云。

　　　　凭君观野草，内自有兰薰。

　　字里行间，鄙视俗士，虽自知不过一茎"野草"，而力图保持精神灵魂"苦更坚""有兰薰"的圣洁志向，何其令人肃然！命运大异其上诸才女者，当属张玉娘与申希光。玉娘少许表兄沈佺为妻，后父母欲攀高门，单毁前约。佺病而卒。玉娘乃以死自誓，亦以忧卒。遗书请与同葬于枫林。其《浣溪沙》词，字句呈幽冷萧瑟之美，独具风格。云：

玉影无尘雁影来，绕庭荒砌乱蛩哀，凉窥珠箔梦初回。压枕
离愁飞不去，西风疑负菊花开，起看清秋月满台。

月娘不仅重情宁死，且是南宋末世人皆公认之才女。卒时年仅十
八岁。

申希光则是北宋人，十岁便善词，二十岁嫁秀才董昌。后一方姓
权豪，垂涎其美，使计诬昌重罪，杀昌至族。灭门诛族之罪，大约是
被诬为反罪的吧？于是其后求好于希光，伊知其谋，乃佯许之，并乞
葬郎君及遭诛族人，密托其孤于友，怀利刃往，是夜刺方于帐中，诈
为方病，呼其家人，先后尽杀之。斩方首，祭于昌坟，亦自刎颈而亡。

其《留别诗》云：

女伴门前望，风帆不可留。
岸鸣蕉叶雨，江醉蓼花秋。
百岁身为累，孤云世共浮。
泪随流水去，一夜到闽州。

申希光肯定是算不上一位才女的了，但"岸鸣蕉叶雨，江醉蓼花
秋"，亦堪称诗词中佳句也。

唐诗巍巍，宋词荡荡。观其表正，则仅见才子之文采飞扬；雅士之
舞文弄墨；大家之气吞山河；名流之流芳千古。若亦观其背反，则多见
才女之命乖运舛，无可奈何地随波逐流。如苏轼词句所云："似花还似
非花，也无人惜从教坠。"更会由衷地叹服她们那一种几乎天生的与诗
与词的通灵至慧，以及她们诗品的优美，词作的灿烂。

我想，没有这背反的一面，唐诗宋词断不会那般的绚丽万端，瑰

如珠宝吧？

我的意思不是一种衬托的关系。不，不是的。我的意思其实是——未尝不也是她们本身和她们的才华，激发着、滋润着、养育着那些以唐诗、以宋词而在当时名噪南北，并且流芳百代的男人们。

背反的一面以其凄美，使表正的一面的光华得以长久地辉耀不衰；而表正的一面，又往往直接促使背反的一面，令其凄美更凄更美。

当然，有些男性诗人词人，其作是超于以上关系的。如杜甫，如辛弃疾等。

但以上表正与背反的关系，肯定是唐诗宋词的内质量状态无疑。

所以，我们今人欣赏唐诗宋词时，当想到那些才女，当对她们必怀感激和肃然。仅仅有对那些男性诗人词人的礼赞，是不够的。尽管她们的名字和她们的才华，她们的诗篇和词作，委实是被埋没和漠视得太久太久了。

这一唐诗宋词之现象，是很中国特色的一种文化现象。清朝因是以外族统治开始的朝代，与古代汉文化的男尊女卑没有直接的瓜葛，所以《全唐诗》才会收入了那么多姬、妾、婢、妓之诗。若由唐朝的文人士大夫们自选自编，结果怎样，殊难料测也……

翻译语言之断想

世界各国都有翻译工作者，我的多篇作品就被外国翻译家译过。但是，像中国这样既将外国的作品译成本国文字，又将本国作品译成外文的似乎并不普遍。而外文出版社肩负的正是这双重使命。细想之，不由人不备感敬佩。我认为外文出版社乃是中国作家瞩望世界文学之林的敞阔的窗口，是中国文学通往世界文学之门户。于是我想起了杜诗的名句——"窗含西岭千秋雪，门泊东吴万里船"，若改为"窗含西文千秋史，门泊汉卷万里船"，似可为拙联，比拟外文出版社。

中国作家（包括我自己）都自觉不自觉地、程度不同地受过外国翻译作品的影响，这在中国当今的文学界似乎成为一个引人注目的现象呢！如"语言太欧化了！"——曾经听过和读到过评论家们对某位作家或某篇作品如是评论。谆谆的告诫，善意的提醒，含蓄的批评，不言而喻。当然，"语言"——指文学语言；而"欧化"，其实指的是文字表达上的"译文文体化"。因为，并不是所有中国作家都具有阅读外国文学原著的能力。那么，无论刻意模仿也罢，孜孜追求也罢，潜移默化的影响也罢，都是受翻译家们译成的中文"熏陶"的结果。倘认为受此"熏陶"乃大忌，则似乎便有理由认为翻译家们是"教唆犯"了！

我本人就多次受过这种告诫、提醒和批评。我也曾躬身自省，检讨自己是否属于邯郸学步者流，并很苦恼了一个时期。

不过近年情况分明起了变化。评论家们对此一点的评论，趋于客观了。告诫的，提醒的，批评的意味儿少了。认同的意味儿，甚至勉励的意味儿仿佛多了：

"海明威式的冷峻……"

"艾特玛托夫式的忧郁……"

"马尔隆斯式的不动声色的力度……"

"伏尔泰式的咏叹……"

"川端康成式的清丽精美……"

看得出，往日的贬义已被赏识的热情所取代。作家们也不再认为这是自己创作中的一大忌了。他们从中获得了某种自信和创作实践被理解的愉悦。但我要试问：这些作家包括发上述议论的评论家读过海明威的原著么？读过艾特玛托夫的原著么？读过伏尔泰的原著么？读过川端康成的原著么？我看未必都读过的。读过的倒是翻译家们。是那些从事英文、法文、俄文、日文、印地文、西文、葡文文学翻译工作的翻译家。

正是他们，不但向中国作家推荐了许多优秀的外国文学作品，同时简直可以说是负责到底地也向中国作家介绍了许多优秀的外国作家与诗人。设想，倘没有翻译家，中国作家和中国文学，是不是就太可悲可叹亦复可怜了点儿呢？

于是我想，我们中国的翻译家，不但是中国作家的益友，而且亦无愧是良师。从作家们的自信之中，翻译家们是否也会体验到某种欢喜呢？从作家们的愉悦之中，翻译家们是否也分享到一部分呢？

如果我们的翻译家以前谦虚地没有意识到这一点，那么我想说——你们是有根据体验到某种欢喜的。你们是有理由分享作家们的一部分愉悦的。

有人说文学语言之美不可译。有人说翻译语言是人类语言的"亚种"。翻译文学是人类文学的"亚文学"。似乎任何一国的文学，一经翻译，只有损失毫无补益。我绝不能苟同这一观点。执这种观点的人，倘是作家，若非夜郎自大，也起码是一种偏执和对翻译工作的轻视。

作为中国作家，我很热爱我们祖先所创造的文字。中国文字不但是世界最早的文字之一种，而且肯定是词汇最丰富的。诸如"胸有成竹""杯弓蛇影""一鼓作气""鱼雁之交""琴瑟之好""巫山云雨"等，译成任何别国语言或文字，无论直译或意译，显然都是难以至善至美的。唐诗宋词元曲，古代散文，文言小说，其"中译外"亦必句句维艰，字字推敲。

但是，任何一个国家的语言和文字，无论多么丰富，不向别国语言和文字的长处学习，如被堤困的江河湖海，再浩瀚也将止为死水。

记得我上小学时，刚刚学过"胸有成竹""杯弓蛇影""一鼓作气"，并用以造出一个好句子时，曾是多么的扬扬自得过啊！而当这些成语被自己用过千百遍后，于创作之际再用时，竟觉得已毫无生气，苍白呆板，避之唯恐不及了。用语言文字形容女性之美，用到诸如"出水芙蓉""秀色可餐""闭月羞花""沉鱼落雁""天姿国色"等，落笔时是相当谨慎的。倘用得不妙，陈词滥调而已！任何一个民族或国家都没有如此这般形容女性之美的语言和文字。但"安娜·卡列尼娜""卡门""娜娜"，作为世界文学长廊中的人物，对于我们来说，竟仿佛那么的熟悉！

所谓"翻译文体"，当然是指有水平而又严肃认真的翻译家们之精神劳动，乃是一种人类文学语言的再创造。必自成美学品格。它既有别于原著的母语文字，也不同于译者所运用的客体文字。它必是二者的结合。它在语音的抑扬顿挫，句式的节奏，通篇整体的气韵等方面，必是十分讲究的。它必不至于忽视母语文字风格的优长，也须着意于发挥客体文字表述的特点。一部上乘的翻译作品，如同两类美果成功杂交后的果子。若精通于此，当然便是创造！

事实上，中国文学，中国作家，通过翻译家们的译著受益匪浅，岂止仅仅在于文字！

一句话，十之七八的当代中国作家，所以能从世界宝库中博采精华，吸取营养，实实在在地说，全靠了中国一大批兢兢业业、炉火纯青的翻译家。实实在在地说，乃是从他们的精神劳动之中博采世界文字之精华，吸取世界文学之营养。同时向他们学习第三类文学语言——亦即上述被称之为"译文文体"的国语的文学语言。

事实上，我们的文学语言，尤其是描写当代大都市生活的作品的文学语言，总体上正在悄悄地向第三类文学语言靠拢。并且我预言，总有一天，第三类文学语言将成为中国文学的真正的"文学语言"。正如普通话总有一天将普遍代表中国话！

这不会使中国文学不复是"中国"文学。

也不会使中国作家都成了"假洋鬼子"。

归根结底，这第三类语言，将是中国文学语言现代化、世界化的标志。于作家，理所当然地，天经地义地，责无旁贷地，应比翻译家们提示给我们的，运用得更现代化，更世界化，更美好，也更在本质上是中国的文学语言……

毕竟，许许多多风格各异、气韵纷呈的第三类语言的"蓝本"，是在我们民族的文学语言的基础之上"加工提炼"的，是翻译家们首先奉献给我们的……

阅读一颗心

在为到大学去讲课做些必要的案头工作的日子里，又一次思索关于文学的基本概念，如现实主义、理想主义以及现实主义与浪漫主义的相结合等。毫无疑问，对于我将要面对的大学生们，这些基本的概念似乎早已陈旧，甚而被认为早已过时。但，万一有某个学生认真地提问呢？

于是想到了雨果，于是重新阅读雨果，于是一行行真挚的、热烈得近乎滚烫的、充满了诗化和圣化意味的句子，又一次使我像少年时一样被深深地感动。坦率地说，生活在仿佛每一口空气中都分布着物欲元素和本能意识的今天，我已经根本不能像少年时的自己一样信任雨果了。但我却还是被深深地感动。依我想来，雨果当年所处的巴黎，其人欲横流的现状比之世界的今天肯定有过之而无不及，人性真善美所必然承受的扭曲力，也肯定比今天强大得多，这是我不信任他笔下那些接近着道德完美的人物之真实性的原因。但他内心里怎么就能够激发起塑造那样一些人物的炽烈热情呢？倘不相信自己笔下的人物在自己所处的时代是有依据存在着的，起码是可能存在着的，作家笔下又怎会流淌出那么纯净的赞美诗般的文字呢？这显然是理想主义高度上升作用于作家大脑之中的现象。我深深地感动于一颗作家的心灵，在他所处的那样一个四处潜伏着阶级对立情绪、虚伪比诚实在人世间获得更容易的自由，狡诈、贪婪、出卖、鹰犬类人也许就在身旁的时代，居然仍对美好人性抱着那么确信无疑的虔诚理念。

是的，我今天又深深地感动于此，又一次明白了我一向为什么喜欢雨果远超过左拉或大仲马们的理由，我个人的一种理由；并且，又一次因为我在同一点上的越来越经常的动摇，而自我审视，而不无羞惭。

那么，让我们来重温一部雨果的书吧，让我们来再次阅读一颗雨果那样的作家的心吧。比如，让我们来翻开他的《悲惨世界》——前不久电视里还介绍过由这部名著改编的电影。

一名苦役犯逃离犯人营以后，可以"变成"任何人，当然也包括"变成"一位市长。但是"变成"一位好市长，必定有特殊的原因。

米里哀先生便是那原因。

米里哀先生又是一个怎样的人呢？

他曾是一位地方议员，一位"着袍的文人贵族"的儿子。青年时期，还曾是一名优雅、洒脱、头脑机灵、绯闻不断的纨绔子弟。今天，我们的社会里，米里哀式的纨绔子弟也多着呢。"大革命"初期这名纨绔子弟逃亡国外，妻子病死异乡。当这名纨绔子弟从国外回到法国，却已经是一位教士了。接着做了一个小镇的神父。斯时他已上了岁数，"过着深居简出的生活"。

他曾在极偶然的情况下见到了拿破仑。

皇帝问："这个老头儿老看着我，他是什么人？"

米里哀神父说："你看一个好人，我看一位伟人，彼此都得益吧。"

由于拿破仑的暗助，不久他由神父进而成为主教大人。

他的主教府与一所医院相邻，是一座宽敞美丽的石砌公馆。医院的房子既小又矮。于是"第二天，二十六个穷人（也是病人）住进了主教府，主教大人则搬进了原来的医院"。国家发给他的年薪是一万五千法郎。而他和他的妹妹及女仆，每月的生活开支仅一千法郎，其余全部用于慈善事业。那一份由雨果为之详列的开支，他至死没变更过。省里每年都补给主教大人一笔车马费，三千法郎。在深感每月一千法郎的生活开支太少的妹妹和女仆的提醒之下，米里哀主教去将那一笔车马费讨来了。因而遭到了一位小议院议员的诋毁，向宗教事务部长针对米里哀主教的车马费问题打了一份措词激烈的秘密报告，大行文字攻击之能事。但米里哀主教将那每月三千法郎的车马费，又一分不少地用于慈善之事了。他这个教区，有三十二个本堂区，四十一个副本堂区，二百八十五个小区。他去巡视，近处步行，远处骑驴。他待人亲切，和教民促膝谈心，很少说教。这后一点，在我看来，尤其可敬。他是那么关心庄稼的收获和孩子们的教育情况。"他笑起来，像一个小学生。"他嫌恶虚荣。"他对上层社会的人和平民百姓一视同仁。""他从不下车伊始，不顾实际情形胡乱指挥。他总是说：'我们来看看问题出在哪里。'"他为了便于与教民交心而学会了各种南方语言。

一名杀人犯被判死刑，前夜请求祈祷。而本教区的一位神父不屑于为一名杀人犯的灵魂服务。我们的主教大人得知后，没有只是批评，没有下达什么指示，而是亲自去往监狱，陪了犯人一整夜，安抚他战栗的心。第二天，陪着上囚车，陪着上断头台……

他反对利用"离间计"诱使犯人招供。当他听到了一桩这样的案件，当即发表庄严的质问："那么，在哪里审判国王的检察官先生呢？"

他尤其坚决地反对市侩哲学。逢人打着唯物主义的幌子贩卖市侩哲学，立刻冷嘲热讽，而不顾对方的身份是一名尊贵的议员……

雨果干脆在书的目录中称米里哀主教为"义人"，正如泰戈尔称甘地为"圣雄甘地"；还干脆将书的一章的标题定为"言行一致"，而另一章的标题定为"主教大人的袍子穿得太久了",正如我们共产党人的好干部,从前总是有一件穿得太久了补了又补的衣服……

雨果详而又详地细写主教大人的卧室,它简单得几乎除了一张床另无家具。冬天他还会睡到牛栏里去,为的是节省木柴(价格昂贵),也为了享受牛的体温。而他养的两头奶牛产的奶,一半要送给医院的穷病人。而他夜不闭户,为的是使找他寻求帮助的人免了敲门等待的时间……

他远离某些时髦话题,嫌恶空谈,更不介入无谓的争辩。在他那个时代诸如王权和教权谁应该更大的问题一直纠缠着辩论家们,正如在中国在我们这个时代姓"资"还是姓"社"的问题曾一直争辩不休。

而米里哀主教最使我们中国人钦服的,也许是这么一点——虽是一位德高望重的主教,却谦卑地认为"我是地上的一条虫"。米里哀主教大人作为一个人,其德行已经接近完美了。雨果塑造他的创作原则,也与我们中国人塑造"样板戏"人物的原则如出一辙而又先于我们,简直该被我们尊称为老师了。

我将告诉我的学生们,那就是经典的理想主义文本了,那就是经典的理想主义文学人物了。

于是,冉·阿让被米里哀主教收留一夜;陪吃了饱饱的一顿晚餐;半夜醒来却偷走了银器,天一亮即被捉住,押解了来让米里哀主教指认,主教却当其面说是自己送给他的,则就一点儿也不奇怪了。主教非但那么说,而且头脑里也这么认为——银器不是我们的,是穷人的,"他"显然是个穷人,所以他只不过拿走了属于自己的东西而已。

于是,冉·阿让"变成"马德兰先生、马德兰市长以后,德行上那么像另一位米里哀,在雨果笔下也就顺理成章了。其生活俭朴像之;其乐善好施像之;其悲悯心肠像之;其对待沙威警长的人性胸怀像之,总之几乎在一切方面都有另一位米里哀的影子伴随着他。一个米里哀死了,另一个米里哀在《悲惨世界》中继续前者未尽的人道事业。

连沙威也是极端理想主义的——因为绝大多数现实生活中的沙威们，其被异化了的"良心"是很不容易省悟的。即使偶一转变，也只不过是一时一事的。过后在别时别事，仍是沙威们。人性的感召力对于沙威们，从来不可能强大到使他们投河的程度。他们的理念一般是由对人性的反射屏装点着的……

米里哀主教大人死时已八十余岁，且已双目失明。他的妹妹一直与他相依为命。雨果在写到他们那种老兄妹关系时，极尽浪漫的、诗化的、圣化的赞美笔触："有爱就不会失去光明。而且这是何等的爱啊！这是完全用美德铸成的爱！心明就会眼亮。心灵摸索着寻找心灵，并且找到了。这个被找到被证实的灵魂是个女人。有一只手在支持你，这是她的手；有一张嘴在轻吻你的额头，这是她的嘴；你听见身边呼吸的声音，这是她，一切都得自于她，从她的崇拜到她的怜悯，从不离开你，一种柔弱的甜蜜的力量始终在援助你，一根不屈不挠的芦苇在支持你，伸手可以触及天意，双手可以将它拥抱，有血有肉的上帝，这是多么美妙啊！……她走开时像个梦，回来却是那么的真实。你感到温暖扑面而来，那是她来了……女性的最难以形容的声音安慰你，为你填补一个消失的世界……"

有这样一个女人在身旁，雨果写道："主教大人从这一个天堂去了另一个天堂。"

如果忘记一下《悲惨世界》，那么读者肯定会作如是之想：这是《少年维特之烦恼》的炽烈的初恋渴望吧？这是《罗密欧与朱丽叶》中心上人对心上人的痴爱的倾诉吧？

但雨果写的却是八十余岁的主教与他七十余岁的妹妹之间的感情关系。这是迄今为止，世界文学史上仅有的一对老年兄妹之间的感情关系的绝唱，使我们在被雨果的文字感染的同时，难免会觉得怪怪的。因为在现实生活中，一对老年兄妹或一对老年夫妇，无论他们的感情何等的深长，到了七八十岁的时候，也每趋于俗态，甚至会变得只不过像两个在一起玩惯了的儿童……

那么我将告诉我的学生们，那就是浪漫主义的经典文本了。

雨果完成《悲惨世界》时，已然六十岁。他与某伯爵夫人的柏拉图式的婚外恋情，也已持续了二十余年。他旅居国外时，她亦追随而至，住在仅与雨果的住地隔一条街的一幢楼里，为了使他可以很方便地见到她。故我简直不能不怀疑，雨果所写，也许更是他自己和她之间的那一种。雨果死时，和他笔下的米里哀主教同寿，都活到了八十三岁。这一偶然性似乎具有神秘性。

《悲惨世界》的创作使命，倘仅仅为塑造两个德行完美的理想人物而已，那么雨果就不是雨果了。这是一部几乎包罗社会万象的书。随后铺展开的，是全景式的法国时代图卷。尤其将巴黎公社起义这一大事件纳入书中，无可争议地证明了雨果毕竟是雨果。

那么，我将告诉我的学生们，那便是现实主义的经典文本了。

我还将告诉我的学生们，在现实主义与理想主义、现实主义与浪漫主义的相结合方面，与雨果同时代的全世界的作家中，几乎无人比雨果做得更杰出。

而雨果的理想主义，始终是对美好人性和人道原则的文学立场的理想主义。这是绝不同于一切文学的政治理想主义的一种文本，故是文学的特别值得尊敬的一种品质。

在雨果的理念之中，人道原则是高于一切的。

我极其尊敬这一种理念。无论它体现于文学，还是体现于现实。

我深深地感动于一颗作家的心，对人道原则终生不变地恪守。我的感动，使我不因雨果在这一点上有时过分不遗余力的理想主义激情而臧否于他。如果我未来的学生们中竟有将自己的人生无怨无悔地奉献给文学者，我祈祝他们做得比我这一代作家好……

我热爱读书

　　读书——不，更准确地说，所谓"读"这一种习惯，对我已不啻是一种幸福。这幸福就在日子里，在每一天的宁静的时光里。不消说，人拥有宁静的时光，这本身便是幸福。而宁静的时光因阅读会显得尤其美好。

　　我的宁静之享受，常在临睡前，或在旅途中。每天上床之后，枕旁无书，我便睡不着，肯定失眠。外出远足，什么都可能忘带，但书是不会忘带的。书是一个囊括一切的大概念。我最经常看的是人物传记，散文，随笔，杂文，文言小说之类。《读书》《随笔》《读者》《人物》《世界博览》《奥秘》都是我喜欢的刊物，是我的人生之友。前不久，友人开始寄我《世界警察》，看了几期，也喜爱起来。还有就是目前各大报的"星期刊""周末版"或副刊。

　　要了解我所生活的城市，大而至于我们这个国家，我们这个地球，每天正发生着什么事，将要发生什么事，仅凭晚上看电视里的"新闻"，自然是远远不够的。"秀才不出门，便知天下事"，是所谓"秀才"聊以自慰自夸的话。或者是别人们对"秀才"们的揶揄。不过在现代社会里，传播媒介如此之丰富，如此之发达，对于当代人来说，不出门而大致地知道一些"天下事"，也是做得到的。

知道了又怎样？

知道了会丰富了我对世界的认识。而这种认识，于我——一个以写作为职业的人来说，则是相当重要的。妄谈对世界的认识，似乎口气太大了，那么就说对周遭生活的认识吧。正是通过阅读，我感觉到周遭生活之波有时汹涌澎湃，有时潜流涡旋，有时微波涌荡……

当然，这只是阅读带给我的一方面的兴致。另一方面，通过阅读，我认识了许许多多的人。仿佛每天都有新朋友。我敬爱他们，甘愿以他们为人生的榜样。同时也仿佛看清了许多"敌人"，人类的一切公敌——人类自身派生出来的到自然环境中对人类起恶影响的事物，我都视为敌人。这一点使我经常感到，爱憎分明于一人是多么重要的品质。

创作之余，笔滞之时，我会认真地读一会儿文学期刊。若读的正是一篇佳作，便会一口气读完。不管作者认识与否，都会产生读了一篇佳作的满足感。倘是作家朋友们写的，是生活在同一座城市的人，又常忍不住拨电话，将自己读后的满足，传达给对方。这与其说是分享对方的喜悦，莫如说是希望对方分享我的喜悦。倘作者是外地的，还常会忍不住给人家写一封信去。

读，实在是一种幸福。

最后我想说，与我的中学时代相比，现在的中学生，似乎太被学业所压迫了。我的中学时代，是苦于无书可读。买书是买不起的，尽管那时书价比现在便宜得多。几个同学凑了七八分钱，到小人书铺去看小人书。这是永远值得回忆的往事了。现在的中学生们，可看的太多了，却又陷入选择的迷惘，并且失去了本该拥有的时间。生活也真是太苛刻了!

我挺怜悯现在的中学生的。

我真同情我的中学生朋友们。

享受阅读

我很虔诚地为这一套丛书作序。

青少年朋友们，为你们所出版的丛书业已不少，然而我还是要很负责任地说，这一套丛书无疑是值得你们阅读的。并且我相信，如果你们真的阅读了，确实对你们的成长是有益的。

你们都是喜欢上网的孩子吗？我知道，你们十之八九是那样的。

我绝不反对你们上网，连你们喜欢网上游戏这一点也不反对。为什么要反对呢？青少年时期，本就是爱游戏的呀。

但你们每天上网多久呢？一小时？两小时？抑或更长的时间？如果仅仅上网一小时，那么我相信，你们每个星期总归还会有几小时可以读读课外书。如果每天上网两小时以上，那么我斗胆建议你，节省出一小时来，读读书吧，比如，就是这一套丛书。

网上也有吗？网上究竟有没有这样的一些书，我是不清楚的，因为我不是一个喜欢上网的人。

依我想来，无论对于青少年还是成年人，翻开一册书与启动电脑；

注目于书页与盯视着电脑屏幕；手把书脊与手抚鼠标，是很不同的状态。据我所知，家里的电脑也罢，别处的电脑也罢，大抵是放在避开阳光的地方的。若阳光投在电脑屏幕上，字图就不清楚了是吗？

而读书之人，却是可以同时置身于阳光中的。既沐浴着阳光，又沉浸在美好文字的世界中，难道不是一种享受吗？

故我认为，读书还是以凭窗为佳。就算是背阳的窗口吧，就算是在窗扇关严的冬季吧，就算是外边正落着雪或下着雨吧——安安静静地看一会儿书，再抬眼望望窗外，望雪花无声地落在外窗台上，望雨丝如帘，使窗外景物迷蒙如梦，心灵体会着那些书中人物的思想、情怀……这样的时刻，怎不是享受的时刻呢！何况此时的你，也许舒适地坐着，竟也许半坐半卧，难道不是惬意之意吗？

青少年朋友们，你们当然知道的——人的大脑分为几个区域，每个区域之间有千丝万缕的联系。那么，你们当然也应该知道——读书和上网，虽然都主要是由视觉神经作用于脑区，发生脑活动，但二者之间，还是有些区别的。也就是说，上网时发生的脑活动，不完全等同于读书时发生的脑活动。进言之，读书时所发生的一系列脑活动，是只有通过读书这一件事才能进行的。如果一个人长期不读书，他的某一部分脑区，便不进行相应的活动。久而久之，该部分脑区的反射本能就迟钝了。从前说一个人有"书卷气质"，那气质便是一种脑状态所呈现于颜面的，是内在精神质量的体现。只上网不读书，人断不能有所谓"书卷气质"。

你们不是都很爱美吗？

书卷气质便是一种气质美。这一种美已经被全人类认可了几千年了。并且，至今也没被否定，没被颠覆。如果你们不信，不妨调查了解一番，问问周边朋友。我估计，十之八九的人，还是很乐于听到别人说自己有书卷气质的。

那么，读书吧。就从这一套丛书读起吧。但愿这一套丛书能成为你们的架上书、枕边书。但愿这一套丛书能使你们渐渐成为不仅喜欢上网，也喜欢读书的人。但愿在你们中年的时候，别人谈论起你们，将会说：

"噢，那是一个喜欢读书的人。"

"啊，那个人的书卷气质给我留下特别的印象。"

我并非是在以虚荣游说于你们，和虚荣没有关系。我想表达的意思其实是——当人们那么评说你们的时候，也是在赞美书籍啊！也是在向读书这一人类古老而又优雅的爱好致敬啊！

孩子们，已经喜欢读书的你们，也和这一套丛书发生亲密的接触吧。还没有喜欢读书这一件事的你们，从这一套丛书开始吧。

我之所以肯向你们推荐这一套丛书，不仅是由书目本身的品质所决定的，也是由书中的导读文字所决定的——那使这套丛书具有了自己的特色……

2009 年 5 月 5 日于北京

美是不可颠覆的

许多人认为，各个民族，在各个不同的历史阶段，或不同的时代，有不同的美的标准，以及美的观念，美的追求。

这一点基本上被证明是正确的。

于是进而有许多人认为，时代肯定有改变美的标准的强大力度。因而同样具有改变人之审美观及对美的追求的力度。这一点却是不正确的。事实上时代没有这种力度。事实上像蜜蜂在近七千年间一直以营造标准的六边形为巢一样，人类的心灵自从产生了感受美的意识以来，美的事物在人类的观念中，几乎从未被改变过。

我的意思是——无论任何一个民族，无论它在任何历史阶段或任何时代，它都根本不会陷入这样的误区——将美的事物判断为不美的，甚至丑的；或反过来，将丑的事物，判断为不丑的，甚至美的。

是的，可以毫无疑义地说，人类根本就不曾犯过如此荒唐的错误。此结论之可靠，如同任何一只海龟出生以后，根本就没有犯过朝与海洋相反的方向爬过去的错误一样。

就总体而言，人类心灵感受美的事物的优良倾向，或曰上帝所赋予的宝贵的本能，又仿佛镜子反射光线的物质性能一样永恒地延续着。只要镜子确实是镜子，只要光线一旦照耀到它。

果真如此么？

有人或许将举到《聊斋志异》中那篇著名的小说《罗刹海市》进行辩论了。此篇的主人公马骥，商贾之子。"美丰姿，少倜傥，喜歌舞。"并且，"辄从梨园子弟，以锦帕缠头。美如好女，因复有'俊人'之号"。正是如此这般的一位"帅哥"，厌学而"从人浮海，为飘风引去，数昼夜至一都会"。于是便抵达了所谓的"罗刹岛国"。以马骥的眼看来，"其人皆奇丑"。而罗刹国人"见马至，以为妖，群哗而走"。

美和丑，在罗刹国内，标准确乎完全颠倒了。不但颠倒了，而且竟以颠倒了的美丑标准，划分人的社会等级。"其美之极者，为上卿；次任民社；下焉者，以邀贵人宠，故得鼎烹以养妻子"。也就是说，第三等人，如能有幸获得权贵的役纳，还是可以混到一份差事的。至于马骥所见到的那些"奇丑"者，竟因个个丑得不够，被逐出社会，于是形成了一个贱民部落。

丑得不够便是"美"得不达标，有碍观瞻。那么，"美之极者"们又是怎样的容貌呢，以被当地人视为"妖"的马骥的眼看来，不过个个面目狰狞罢了。

我敢断定，在中国的乃至世界的文学史中，《罗刹海市》大约是唯一的一篇以美丑之颠倒为思想心得的小说。

便是这一篇小说，也不但不是否定了我前边开篇立论的观点，而恰恰是补充了我的观点。

因为——被视为"妖"的马骥，一旦游戏之"以煤涂面"，竟也顿时"美"了起来，遂被引荐于大臣，引荐于宰相，引荐于王的宝殿前。而当"马即起舞，亦效白锦缠头，作靡靡之音"时——"王大悦"。不但大悦，且"即日拜下大夫。时与私宴，恩宠殊异"。以至于引起官僚们的忌妒，以至于自心忐忑不安，以至于明智地"上疏乞休致"。而王"不许"。"又告休沐，乃给三月假。"

分析一下王的心理，是非常有趣的。以被贱民们视为"妖"的马骥的容貌，社会等级该在贱民们之下。怎么仅仅以煤涂面，便"时与私宴，恩宠殊异"了呢？想必在王的眼里，美丑是另有标准的吧？

王是否也牛头马面呢？小说中只字未提。或是。那么在他的国里，以丑为美，以牛头马面，王官狰狞的为极美，自是理所当然的了。或者意非牛头马面，甚至不丑。那么可以猜测，在他的国里，美丑标准的颠倒，也许是出于统治的需要。是对他那一帮个个牛头马面的公卿大臣们的权威妥协也未可知。

但无论怎样的原因，在王的国里，美丑是一种被颠倒的标准；在王的眼里心里，美丑的标准未必不是正常的。他只不过装糊涂罢了。

否则，为什么他那么喜赏马骥之歌舞呢？为什么会情不自禁地赞曰"异哉！声如凤鸣龙啸，从未曾闻"呢？

王的"大悦"，盖因此耳！

结论：美可能在某一地方，某一时期，某一情况之下被局部地歪曲，但根本不可能被彻底否定。

如马骥，煤可黑其面，但其歌之美犹可征服王！

结论：美可在社会舆论的导向之下遭排斥，但它在人心里的尺度根本不可能被彻底颠覆。

如王，上殿可视一帮牛头马面而司空见惯；回宫可听恢诡噪耳之音而习以为常，但只要一闻骥的妙曼清唱，神不能不为之爽，心不能不为之畅，感观不能不达到享受的美境。

有人或许还会举到非洲土著部落的人们以对比强烈的色彩涂面为"美"；以圈圈银环箍颈乃至于颈长足尺为美，来指证美的客观标准的不可靠，以及美的主观标准的何等易变，何等荒唐，何等匪夷所思……

其实这一直是相当严重的误解。

在某些土著部落中，女性一般是不涂面的。少女尤其不涂面。被认为尚未成年的少年一般也不涂面。几乎一向只有成年男人才涂面。而又几乎一向是在即将投入战斗的前夕。少年一旦开始涂面，他就从此被视为战士了。成年人们一旦开始涂面，则意味着他势必又出生入死一番的严峻时刻到了。涂面实非萌发于爱美之心，乃战事的讯号，乃战士的身份标志，乃肩负责任和义务决一死战的意志的传达。当然，在举行特殊的庆典时，女性甚至包括少女，往往也和男性们一样涂面狂欢。但那也与爱美之心无关，仅反映对某种仪式的虔诚。正如文明社会的男女在参加丧礼时佩戴黑纱和白花不是为了美观一样。至于以银环箍颈，实乃炫耀财富的方式。对于男人，女人是财富的理想载体。亘古如兹。颈长足尺，导致病态畸形，实乃炫耀的代价，而非追求美的结果。或者说主要不是由于追求美的结果。这与文明社会里的当代女子割双眼皮儿而不幸眼睑发炎落疤，隆胸丰乳而不幸硅中毒是不能同日而语的。

但中国历史上女子们的被迫缠足却是应该另当别论的。这的的确确是与美的话题相关的病态社会现象。严格说来，我觉得，这甚至应该被认为是桩极其重大的历史事件。此事件一经发生，其对中国女子美与不美的恶劣的负面影响，历时五代七八百年之久。以至于新中国成立以后，我这个年龄的中国人，还每每看见过小脚女人。

近当代的政治思想家们、社会学家们、民俗学家们，皆以他们的学者身份义愤嫉恶如仇地对缠足现象进行过批判。

却很少听到或读到美学家们就此病态社会现象的深刻言论。

而我认为，这的确也是一个美学现象。的确也是一个中国美学思想史中应该予以评说的既严重又恶劣的事件。此事件所包含的涉及中国人审美意识和态度的内容是极其丰富的。比如历史上中国男人对女人的审美意识和态度，女人们在这一点上对自身的审美意识和态度，一个缠足的大家闺秀与一个"天足"的农妇在此一点上意识和态度的区别，以及为什么？以及是她们的丈夫、父亲们的男人的意识和态度，以及是她们的母亲的女人的意识和态度，以及她们在嫁前相互比"美"莲足时的意识和心态，以及她们在婚后其实并不情愿被丈夫发现毫无"包装"的赤裸的蹄形小脚的畸怪真相的意识和心态，以及她们垂暮老矣之时，因畸足越来越行动不便情况之下的意识和心态……凡此种种，我认为，无不与男人对女人，女人对自身的审美意识和心态发生粘连紧密而又杂乱的思想关系，观念关系，畸形的性炫耀与畸形的性窥秘关系……

但是，让我们且住。这一切我们先都不要去管它。

让我们还是来回到我们思想的问题上——即一双女人的被摧残得筋骨畸形的所谓"莲足"，真的比一双女人的"天足"美么？

无论男人还是女人，如果自身对美的感觉不发生错乱，回答显然会是否定的。

可怎么在中国这个文明古国，在占世界人口几分之一的人类成员中，在近千年的漫长历史中，集体地一直沉湎于对女性的美的错乱感觉呢？以至于到了清朝，梁启超及按察史董遵宪曾联名在任职的当地发布公告劝止而不能止；以至于太平军克城踞县之后，罚劳役企图禁绝陋习而不能禁；以至于慈禧老太太从对江山社稷的忧患出发，下达懿旨劝禁也不能立竿见影；以至于身为直隶总督的袁世凯亲作"劝不缠足文"更是无济于事；以至于到了民国时期，则竟要靠罚款的方式来扼制蔓延了——而得银日八九十万两，年三万万两。足见在中国人的头脑中——钱是可以被罚的，女人的脚却是不能不缠的。"毒螫千年，波靡四域，肢体因而脆弱，民气以之凋残，几使天下有识者伤心，贻后世无穷之唾骂。"

这样的布告词，实不可不谓振聋发聩、痛心疾首。然无几个中国男人听得入耳，也无几个中国女人响应号召。爱捧小脚的中国男人依然故我。小脚的中国女人们依然感觉良好，并打定主意要把此种病态的良好感觉"传"给女儿们……

中国人倘曾以这样的狂热爱科学，争平等，促民主，那多好啊！不是说美的标准肯定是客观的而非主观的么？不是说任何民族，在任何一个时代和任何一种情况之下，都根本不可能颠覆它么？那中国近千年的缠足现象又该作何解释呢？首先，历史告诉我们——这现象始于帝王。皇上的个人喜好，哪怕是舐痂之癖，一旦由隐私而公开，则似乎便顿时具有了趣味的高贵性，意识的光荣性，等级的权威性。于是皇亲国戚们纷纷效仿；于是公卿大臣们趋之若鹜；于是巨商富贾紧步后尘——于是在整个权贵阶层蔚然成风……

在古代，权贵阶层的喜好，以及许多侧面的生活方式，一向是由很不怎么高贵的活载体播染向民间的。那就是——娼妓。先是名娼美妓才有资格。随即这种资格将被普遍的娼妓所瓜分。无论在古代的中国，还是在古埃及、古希腊、古罗马，规律大抵如此。

娼妓的喜好首先熏醉的必将是一部分被称之为文人的男人。这也几乎是一条世界性的规律。在古代，全世界的一部分被称之为文人的男人，往往皆是青楼常客，花街浪子。于是，由于他们的介入，由于他们也喜好起来，社会陋俗的现象，便必然地"文化"化了。

陋俗一旦"文化"化，力量就强大无比了。庶民百姓，或逆反权贵，或抵抗严律，但是在"文化"面前，往往只有举手乖乖投降的份儿。

康熙时代一人之下，万人之上，权倾朝野的鳌拜便是"金莲"崇拜者；乾隆皇帝本身即是；巨商胡雪岩也是；大诗人苏东坡是；才子唐伯虎是；作"不缠足文"的袁世凯阳奉阴违背地里更是……

《西厢记》中赞美"金莲"；《聊斋》中的赞美也不逊色；诗中"莲"、词中"莲"、美文中"莲"，乃至民歌童谣中亦"莲"；唱中"莲"、画中"莲"、书中"莲"，乃至字谜中"莲"、酒令中也"莲"……

更有甚者，南方北方，此地彼域，争相举办"赛莲"盛会——有权的以令倡导，有钱的出资赞助，公子王孙前往逐色，达官贵人光临览美，才子"采风"，文人作赋……

连农夫娶妻也要先知道女人脚大脚小，连儿童的憧憬中，也流露出对小脚美女的爱慕，连乡间也流传《十恨大脚歌》，连帝都也时可听到嘲讽"大脚女"的童谣……

在如此强大、如此全方位，"地毯式"的文化进击、文化轰炸，或曰文化"妙作"之下，何人对女性正常的审美意识和心态，又能定力极强，始终不变呢？何人又能自信，非是自己不正常，而是别人都变态了呢？即使被人认为主见甚深的李鸿章，也每因自己的母亲是"天足"老太而讳若隐私，更何况一般小民了……

结论：某一恶劣现象，可能在相当漫长的历史时期内畅行无阻，世代袭传，成为鄙陋遗风，迷乱人们心灵中的审美尺度。但却只能部分地扭曲之，而绝对不可能整体地颠覆之。正如缠足的习俗虽可在漫长的历史时期内将女人的脚改变为"莲"，却不可能以同样的方式扭曲任何一个具体的女人的身躯，而依然夸张地予以赞美。并且，迷乱人们心灵中的审美尺度的条件，一向总是伴随着王权（或礼教势力、宗法势力）的支持和怂恿；伴随着颓废文化的推波助澜；伴随着富贵阶层糜烂的趣味；伴随着普遍民众的愚昧。还要给被扭曲的审美对象以一定的意识损失以补偿——比如相对于女人被摧残的双足而言，鼓励刻意心思，盛饰纤足，一袜一履，穷工极丽。尤以豪门女子、青楼女子、礼教世家女子为甚。用今天的说法，就是以外"包装"的精致，掩饰畸形的怪异真相。还要给被扭曲的审美对象以一定的精神满足，而这一点通常是最善于推波助澜的颓废文化胜任愉快的。

有了以上诸条件，鄙陋习俗对人们心灵中审美尺度的扭曲，便往往大功告成。

但，这一种扭曲，永远只能是部分的侵害。

世间一切美的事物，都具有极易受到侵害的一面。但也同时具有不可能被总体颠覆形象的基本素质。

比如戴安娜，媒介去年将她捧高得如爱心女神，今年又贬她为"不过一个毁誉参半的、行为不检点的女人"。但，却无法使她是一个有魅力的女人这一点受到彻底颠覆。

某些事物本身原本就是美的，那么无论怎样的习俗都不能使它们显得不美。正如无论怎样的习俗，都不能使尖头肿颈者在大多数世人眼里看来是美的。

美女绝非某一个男子眼里的美女。通常她必然几乎是一切男子眼里的美女。他人的贬评不能使她不美。但她自身的内在缺陷——比如嫉妒、虚荣、无知、贪婪，却足以使她外在的、人人公认的客观美点大打折扣。

美景绝非某一个世人眼里的美景，通常它必然几乎是一切世人眼里的美景。

丑的也是。

视觉永远是敏感的，真实可靠的，比审美的观点审美的思想更难以欺骗的。

美的不同种类是无穷尽的。

丑的也将继续繁衍丑的现象，永远不会从地球上消亡干净。

但我们人类的视觉永远不会将它们混淆。因为它们各有天生不可能被混淆的客观性。

这客观性是我们人类的心灵与造物之间可能达成的一致性的前提和保证。

正是在这一前提和保证之下，对于古希腊人古埃及人是美的那些雕塑，是雄伟的那些建筑，对于今天的我们依然是美的。正是在这一前提和保证之下，我们所处的这个时代一切美的事物，假设能够通过"时间隧道"移至我们的远古祖先们面前，大约也必引起他们对于美的赏悦和好奇。正如几乎一切古代的工艺品，今天引起我们的赏悦和好奇一样……

美是大地脸庞上的笑靥。因此需要有眼睛，以便看到它；需要有情绪，以便感觉到它。

我们只能怀着虔诚感激造物赐我们以眼睛和心灵。以为自己便是这世界的中心便是上帝，以为我不存在一切的美亦消亡，以为世上原本没有客观的美丑之分，美丑盖由一己的好恶来界定——这一种想法既不但是狂妄自大的，也是可笑至极的。

我知道关于美究竟是客观的还是主观的这一哲学与美学之争至今可追溯到千年以前，但我坚定不移地接受前者的观点，相信美首先是客观的存在。

据我想来，道理是那么的简单——有许多美好的事物我没观赏到过，许多人都没观赏到过，但另外许多人可能正观赏着，可能正被那一种美感动着。

在我死掉以后，这世界上美的事物将依然美着。

时代和历史的演进改变着许多事物的性质，包括思想和观念。

但似乎唯有美的性质是不会改变的。改变的只是它的形式。它的性质既不但是客观的，而且是永恒的。它的形式只能被摧毁。它的性质不能被颠覆。

正如一只美的瓶破碎了，我们必惋惜地指着说："它曾是一只多美的瓶啊！"

倘某一天人类消亡了——一只鸟儿在某一早晨睁开它的睡眼，阳光明媚，风微露莹，空气清新，花儿莜紫翻红，草树深绿浅绿，那么它一定会开始悦耳地鸣叫吧？

它是否是在因自然的美而歌唱呢？

它望见草地上一只小鹿在活泼奔跃——那小鹿是否也是在因自然的美而愉快呢？

灵豚逐浪，巨鲸拍涛——谁敢断言它们那一时刻的激动，不是因为感受到了那一时刻大海的壮美呢？

美是不可颠覆的。

七千年后的蜜蜂仍在营造着七千年前那么标准的六边形。七千年前那些美的标准和尺度，剔除病态的、迷乱的部分——几乎仍在我们今天的生活中是标准和尺度……

论寂寞

都认为，寂寞是由于想做事而无事可做；想说话而无人与说；想改变自身所处的这一种境况而又改变不了。是的，以上基本就是寂寞的定义了。寂寞是对人性的缓慢的破坏。寂寞相对于人的心灵，好比锈相对于某些极容易生锈的金属。

但不是所有的金属都那么容易生锈。金子就根本不生锈。不锈钢的拒腐蚀性也很强。而铁和铜，我们都知道的，它们之极容易生锈像体质弱的人极容易伤风感冒。

某次和大学生们对话时，被问：阅读的习惯对人究竟有什么好处？我回答了几条，最后一条是——可以使人具有特别长期地抵抗寂寞的能力。他们笑。我看出他们皆不以为然。他们的表情告诉了我他们的想法——但我们需要具备这一种能力干什么呢？是啊，他们都那么年轻，大学又是成千上万的青年学子云集的地方，一间寝室住六名同学，寂寞沾不上他们的边啊！但我却同时看出，其实他们中某些人内心深处别提有多寂寞。而大学给我的印象正是一个寂寞的地方。大学的寂寞包藏在许多学子追逐时尚和娱乐的现象之下。所以他们渴望听老师以外的人和他们说话,不管那样的一个人是干什么的,哪怕是一名犯人在当众忏悔。似乎,越是和他们的专业无关的话题,他们参与的热忱越活跃。因为正是在那样的时候,他们内心深处的寂寞获得了适量地释放一下的机会。

故我以为,寂寞还有更深层的定义,那就是——从早到晚所做之事,并非自己最有兴趣的事;从早到晚总在说些什么;但没几句是自己最想说的话;即使改变了这一种境况,另一种新的境况也还是如此,自己又比任何别人更清楚这一点。这是人在人群中的一种寂寞。这是人置身于种种热闹中的一种寂寞。这是另类的寂寞。现代的寂寞。如果这样的一个人,心头中再连值得回忆一下的往事都没有,头脑中再连值得梳理一下的思想都没有,那么他或她的人性,很快就会从外表锈到中间的。无论是表层的寂寞,还是深层的寂寞,要抵抗住它对人心的伤害,那都是需要一种人性的大能力的。

我的父亲虽然只不过是一名普普通通的建筑工人,但在"文革"中,也遭到了流放式的对待。仅仅因为他这个十四岁闯关东的人,在哈尔滨学会了几句日语和俄语,便被怀疑是日俄双料潜伏特务。差不多有七八年的时间,他独自一人被发配在四川的深山里为工人食堂种菜。他一人开了一大片荒地,一年到头不停地种,不停地收。隔两三个月有车开入深山给他送一次粮食和盐,并拉走菜。他靠什么排遣寂寞呢?近五十岁的男人了,我的父亲,他学起了织毛衣。没有第二个人,没有电,连猫狗也没有。更没有任何可读物。有对于他也是白有。因为他是文盲。他劈竹子自己磨制了几根织针。七八年里,将他带上山的新的旧的劳保手套一双双拆绕成线团,为我们几个他的儿女织袜子,织线背心。这一种从前的女人才有的技能,他一直保持到逝世那一年。织成了他的习惯。那一年他77岁。

劳动者为了不使自己的心灵变成容易生锈的铁，或铜，也只有被逼出了那么一种能力。而知识者，我以为，正因为所感受到的寂寞往往是更深层的，所以需要有更强的抵抗寂寞的能力。这一种能力，除了靠阅读来培养，目前我还贡献不出别种办法。胡风先生在所有当年的"右派"中被囚禁的时间最长——三十余年。

他的心经受过双重的寂寞的伤害。胡风先生逝世后，我曾见过他的夫人一面，惴惴地问："先生靠什么抵抗住了那么漫长的与世隔绝的寂寞？"她说："还能靠什么呢？靠回忆，靠思想。否则他的精神早崩溃了，他毕竟不是什么特殊材料的人啊！"但我心中暗想，胡风先生其实太够得上是特殊材料的人了啊！幸亏他是大知识分子，故有值得一再回忆之事，故有值得一再梳理之思想。若换了我的父亲，仅仅靠拆了劳保手套织东西，肯定是要在漫长的寂寞伤害之下疯了的吧？知识给予知识分子之最宝贵的能力是思想的能力。因为靠了思想的能力，无论被置于何种孤单的境地，人都不会丧失最后一个交谈伙伴，而那正是他自己。自己与自己交谈，哪怕仅仅做这一件在别人看来什么也没做的事，他足以抵抗很漫长很漫长的寂寞。如果居然还侥幸有笔有足够的纸，孤独和可怕的寂寞也许还会开出意外的花朵。《绞刑架下的报告》《可爱的中国》《堂·吉诃德》的某些章节、欧·亨利的某些经典短篇，便是在牢房里开出的思想的或文学的花朵。

知识分子靠了思想善于激活自己的回忆。所以回忆之于知识分子，并不仅仅是一些过去了的没有什么意义了的日子和经历。哪怕它们真的是苍白的，思想也能从那苍白中挤压出最后的意义——它们所以苍白的原因。思想使回忆成为知识分子的驼峰。而最强大的寂寞，还不是想做什么事而无事可做，想说话而无人可说；是想回忆而没有什么值得回忆的，是想思想而早已丧失了思想的习惯。这时人就自己赶走了最后一个陪伴他的人，他一生最忠诚的朋友——他自己。

谁都不要错误地认为孤独和寂寞这两件事永远不会找到自己头上。现在社会的真相告诉我们，那两件事迟早会袭击我们。

人啊，为了使自己具有抵抗寂寞的能力，读书吧！

人啊，一旦具备了这一种能力，某些正常情况下，孤独和寂寞还会由自己调节为享受着的时光呢！信不信，随你……

论崇高

　　崇高是人性善的极致体现，以为他人为群体牺牲自我作前提。

　　一个时期以来，"崇高"二字，在中国成了讳莫如深之词，甚至成了羞于言说之句。我们的同胞在许多公开场合眉飞色舞于性，或他人隐私。倘谁口中不合时宜地道出"崇高"二字，那么结果肯定地大遭白眼。

　　而我是非常敬仰崇高的。我是非常感动于崇高之事的。

　　我更愿将崇高与人性连在一起思考。

　　我认为崇高是人性内容很重要也很主要的组成部分。我确信崇高也是人性本能之一方面。确信它首先非是任何一类道德说教的成果。既非宗教道德说教的成果，亦非政治道德说教的成果。

　　我确信人性是由善与恶两部分截然相反的基本内容组成的。若人性恶带有本性色彩，那么人性善也是带有本性色彩的。人性有企图堕落的不良倾向，堕落往往使人性快活；但人性也有渴望升华的高贵倾向，升华使人性放射魅力。长久处在堕落中的人其实并不会长久地感到快活，而只不过是对自己人性升华的可能性完全丧失信心，完全绝望。这样的人十之七八都曾产生过自己弄死自己的念头。产生此种念头而又缺乏此种勇气的堕落者往往是相当危险的。他们的灵魂无处突围便可能去伤害别人，以求一时的恶的宣泄。那些在堕落中一步步滑向人性毁灭的人的心路，无不有此过程。

但人性虽然天生地有渴望升华的高贵倾向，人类的社会却不可能为满足人性这一种自然张力而设计情境。这使人性渴望升华的高贵倾向处于压抑。于是便有了关于崇高的赞颂与表演，如诗，如戏剧，如文学史和民间传说。人性以此种方式达到间接的升华满足。

崇高是人性善的极致体现，以为他人为群体牺牲自我作前提。我之所以确信崇高是人性本能，乃因在许多灾难面前，恰恰是一些最最普通的人，其人性的升华达到了最最感人的高度。

一九六一年十二月十七日，巴西某马戏团正在尼泰罗伊郊区的一顶尼龙帐篷下表演，帐篷突然起火，二千五百名观众四处逃窜，其中大部分是儿童。

一个农民站在椅子上大喊："男人们不要动，让我们的孩子们先逃！"

他喊罢立刻安坐了下去。

火灾被扑灭后，人们发现三十几个人集中坐在椅子上被活活烧死，都是农民。

没谁对他们进行过政治性的崇高说教。他们都非是教徒，无一人生前进过一次教堂。

一八八九年五月三十一日，位于美国宾夕法尼亚州的约翰斯敦水库十二英里长的水库堤坝全线崩溃，泻出水量四十万立方英尺，五十六亿加仑的水重达二千万吨，压塌了山谷，顿时将约翰斯敦和周围的十几个城镇摧为废墟。

下游城镇的几乎全体居民发动了空前自觉的营救。许多人为救他人而献身。

一九一三年，美国俄亥俄、印第安纳、伊利诺伊等州洪水泛滥成灾，十二万五千居民被困在屋顶和树上，许多居民自发地组成了互救队，涌现了许多感人的崇高、英雄主义的事迹。七十高龄的国家货币注册公司经理帕特逊，只着短裤，独自驾舟往返于各街道之间，从水中救起几十人……十二名电报业务员坚守岗位六十余小时，他们不知亲人安危与否，半数人因过度疲劳而昏倒。俄亥俄州特立华大学的学生们也涌现出了一桩桩可歌可泣的营救事迹。两名学生和一位老教授划船救了几十人后，船被大浪掀翻，师生三人一起遇难……

伊利诺伊州州长灾后的一次讲演中有这样一句话："在此次灾难中，上帝引导我们中许多人舍生忘死，先人后己。这些人便是上帝。他们人性中的崇高美点永垂不朽！"

世界各地从古至今的每一次灾难中都曾有崇高之烛闪耀过。我们人类的人性中的崇高美德接受过何止百次严峻的检阅？

一九九八年，中国南北两地的抗洪救灾，也何尝不是经受这样的大检阅呢？之所以感人，恰因那种种的崇高，乃是被标定在人性最高的位置上昭示于我们啊！

其他任何位置，依我看来，都非那种种崇高真本的位置。中国人，珍视啊！千万不要扭曲了它啊！一想到这里，我不禁地忧郁起来……

论荣誉

何谓荣誉？光荣之名誉耳。

世上绝大多数人，出生时都是没有什么荣誉的。但极少数人是有的，如高贵的血统，古老而令人尊敬的姓氏，世袭的爵位或名分、封号。然而无论在中国抑或别国，那都是古代之事了。至近代，世人越来越倾向于这样一种共识——荣誉是不能世袭的。出身名门乃至皇室，除了是幸运说明不了别的。著名而卓越的政治家、科学家、文艺家和企业家们，他们所获得的任何荣誉，皆无法直接遗传给下一代。人们也许会情不自禁地羡慕他们的下一代，但却不太会因而顿起敬意。

确乎，荣誉是和敬意连在一起的。敬意是和一个人具体做了什么可敬的事连在一起的。然而也不能完全否认，一个曾经广受尊敬的人物，他的下一代丝毫也分享不了他的光荣。如果谁遇到了一个男人或一个女人，确凿无疑地晓得了他或她的祖父外祖父什么的是林肯，或是丘吉尔，起初多少还是会刮目相看的。这是一种很正常的心理反应，敬意肯定是会有些的，但通常情况下，更多的是好奇。因为他们的先人非同寻常，我们想要了解他们的欲望更大些。但如果他们本身并不优秀，我们起初的敬意也罢，好感也罢，好奇也罢，不久便会消失殆尽。也许，还会对他们颇觉失望。

今天的英国，以及其他有王权存在的国家，依然会将贵族头衔"赐封"给在某一业界卓有成就的人——对双方，那也依然意味着是一种荣誉的授予与幸受。但贵族头衔本身已经没有了实际意义，一连串的贵族头衔之总和，恐怕也抵不上一项具有权威性的专业内所授予的荣誉。故王室的赐封，一向都进行在专业荣誉授予之后。

古代的人们，不论中国人还是外国人，大抵都是很珍惜荣誉的。又不论男人还是女人，往往视荣誉为第二生命。于男人们，倘荣誉受损，并且是被别人败坏的，那么便往往会与别人决斗。于女人们，则往往以自杀来洗刷清白，表示抗议。

但这只是古代的人们对待荣誉之态度的一方面，而另一方面乃是，对于所谓荣誉，他们是看得很透，也是看得很深的。按王安石的说法是——"古之人以名为羞，以实为慊，不务服人之貌，而思有以服人之心"。对于今人，王安石自是古人；对于王安石，其所言"古之人"，大约是指尧舜禹、黄帝时候的古代了。他为什么发那样的"厚古薄今"之感慨呢？显然是基于他那个时代沽名钓誉的人太多的原因。在他那个时代，荣名亦分两种。一种是百姓所给的，一种是皇家出于笼络和利用之目的给的。百姓给的荣名，仅仅是荣名而已。皇家给的荣名，总是与利益实惠挂钩的。故逐名者流所"沽"所"钓"，其实也是在钩利益和实惠。

看透了这一世相，于是王安石、颜之推、骆宾王、柳永们说："上士忘名、中士立名、下士窃名。""不修身而求令名于世者，犹貌甚恶而责妍影于镜也。""不汲汲于荣名，不戚戚于卑位。"或者说得更干脆——"忍把浮名，换了浅斟低唱"。最起码，要求自己"功成名遂身退"。既然"功"有利国利民的一面，让有抱负的人士完全放弃为国为民的志向，显然也是不对的。既然"功成"而后"名遂"于是利至，那么便"身退"以避利之熏染。

此种思想，体现着一种对泛滥的逐利现象的拒绝，所以在古代的语汇中，产生了"清名"和"清流"二词。不屑仕途者，以"清流"自我要求，或曰"自标"。已入仕途者，起码还在乎其名清否。若"清"，便是获得了"清誉"。"清誉"当然也是荣誉。这一种荣誉，质地干净。估计连柳永，也还是肯要的。

放眼今天，中国也大，人口也众，荣名需求也多，故政府也授、企业也颁、各类机构也给、民间也不甘寂寞地选：报刊杂志一概传媒也乐得有热闹可以营造，可以报道，于是不遗余力推波助澜——于是，几乎年年月月地评，如同天女散花，荣名满天飞。学子也要荣名，教授也好荣名，企业家财源滚滚也觊觎名利双收，官员更是使出浑身解数，忙不迭地亲抓一项项面子工程……得到的欢喜，授予的高兴，得不着的郁闷生气，于是时不时地这里那里曝出着评选丑闻……

在中国，荣名之给与受，每天要有不少人耗很多的时间，投入很大的精力；而好荣名者，遂挖空心思专执一念，走后门托关系拉选票，弄虚作假且不脸红。"潜规则"按理说应是"过街老鼠"，在中国却似乎直接就成了"规则"之一种。既然是"潜"的，应和着暗中来做就是。人人心知肚明，彼此心照不宣，乐此不疲，皆来劲也。

保自家"清名"的人是越来越少。"清名"对人有何好处？没半点好处要它作甚？

连自标"清流"的人也越来越少了。真守得住"清名"的已是凤毛麟角，根本形成不了"流"，因而就全无名节吸引力。标而后，人们必果然以"清流"要求，那将活得多么的拘谨，岂不是犯傻吗？连政协委员、人大代表，往往也被当成荣誉来给，来受，并不计较是否真的有那份替人民大众鼓与呼的参政议政责任感。

不消说，中国必是世界上最大的荣名集散场。

然若按人口比例来说，中国创新型人才是少的，真有品质的创新产品也并不多。

因太多的人都宁肯荒了专业，去逐荣名了。

忙是，歌星影星们，忙得倒还实在些。因为功夫毕竟还得用在专业上，而不是专业以外的别的方面……

2009 年 11 月 19 日

法理与情理

中国人的法制观念正在提高着，这是一件极好的事。提高的标志之一，就是"官司"多了。

有次一位法制报的记者问我——"在法理与情理之间，你更看重法理还是情理？"我说："涉法言法，涉情言情。"他说："法理情理纠缠不清呢？"我想了想，向他举了三个例子：一、报载三名小学生，凑了十元钱——甲五元、乙三元、丙二元，合买了五张彩券。当他们分撕五张彩券时，仅出二元钱的那孩子手中的三张彩券，有一张中了奖。

他喜呼："哈，我中彩啦！"

于是跑回家去。于是家长也跟着兴奋。奖品是一套组合音响、一台冰箱、一台洗衣机。

出了五元钱的孩子和出了三元钱的孩子，心中非常失落，回家与各自父母细说一遍，父母听后，都觉与情理不通，于是相约了去到那个仅出二元钱的孩子家，对其家长提出分配的要求。那家长不情愿。于是闹到法庭上。

一审判决——谁中了彩，东西归谁。不支持另外两位家长的分配要求。他们不服，上诉。二审判决——既然当时是凑钱合买，足以认定共同中彩。以法律的名义，支持分配要求。并强制执行分配。

三个孩子的关系，原本是很友好的。三家的关系也曾很亲密。经两次上法庭，孩子们反目了，大人们相恶了。

此一俗例，不可效也。法理固然权威，固然公正，但总该也给情理留存点儿现实空间吧？不就是独自获得一样东西与三人各得一样东西的区别么？不就是三千多元的事么？三千多元，真的比三个孩子之间的友好与三个家庭的亲密关系重要得多么？

我认为此事之不通情理，体现在孩子丙的家长身上。主动一点儿，请了另两个孩子的家长来，相互商量着分配，图个共同的喜兴，是多么好的事呢？从此孩子大人的关系，岂不更加相敬相亲了么？"哈，我中彩啦！"此话差矣。三人合买的彩券，只不过由你撕的一张中彩了。那是"我们中彩啦"啊！"我"与"我们"，一字之差，情理顿丧。

究竟什么原因，在利益面前，使我们的孩子变得心中只有"我"，而全没了"我们"的概念呢？

究竟什么原因，在利益面前，使我们的家长们，也变得和自私的孩子一个样，全没了半点儿情理原则了呢？

以法理的名义裁决违背情理的事情，证明着这样的一种现象——人心中已快彻底丧失了情理原则。在这种情况下，法理再权威，再公正，人的法制观念再强，人在现实中的生存质量却显然地下降着。

二、报载山东省招远市九曲村党支部书记，出面召集几位村委委员拟定一纸协议，"裁决"他的亲侄子、持枪杀人致死的凶犯赔偿死者家属二十万元，死者家属不得向司法机关起诉。"协议"由那村党支部书记、镇党委委员、市人大常委亲笔拟定，在几位村委委员的软硬兼施之下，强迫死者家属接受……

此事件本身已毫无情理可言，非向法理呼吁，而难有正义的伸张。倘弃法理而收钱款，不足取也。人或可忍，法不能容。法本身和人一样，亦有原则，不可破也。

三、美国有一部电影，片名我忘了，内容是——一名单身青年，与一对夫妇为邻。那对夫妇有一男孩儿，青年爱那孩子如爱自己的孩子。他与他们的关系，当然也就亲如一家。青年为那孩子买了一艘玩具艇，准备在孩子的生日相送。两家之间的隔墙有一狗洞，那孩子常从狗洞钻来钻去。一天孩子又钻过青年家这边来，进到屋里，发现了玩具艇，便捧出放在游泳池玩，一失足落入池中，不幸淹死。而那青年当时正在锄草，浑然不知。孩子死后，那青年和孩子的家长一样痛不欲生……

而孩子的父母去向法院告了那青年。理由是——你既然发现过我的孩子从狗洞钻来钻去，为什么不砌了那洞？如果砌了那洞，我的孩子会死么？法院判定那青年有责任罪。

那青年也感到自己确有责任罪，不上诉。服判七年。并将自己的一份二十几万美元的人身保险，主动赔偿给那失去孩子的父母，以表达自己的痛悔……

青年服刑后，那一对父母却不感觉任何安慰。想想既痛失爱子，又使朋友成了犯人，伤心更甚。后来，他们主动退了那青年的赔偿，并撤诉，使那青年重获自由。他们认为，他们死了的爱子，一定希望他们能够纠正前一种做法——如果有所谓天堂的话……此法理与情理纠缠不清之一例也。影片是根据真事改编的。法的条文再周全，也难以包括一切公正。法乎情乎，有时完全取决人心。所以，一句名言是——"普通的良知乃法律的基础"。在民事案中，法理与情理，纠缠不清之时颇多。在民事案中，情理是法理的不在卷条文。故有人在法理上胜诉了，在情理上却"败诉"了。依我看来，此亦不可取也。这种情况之下，我的立场，倒宁愿站在情理一边的……

近虑远忧

对于某一个人而言，有些时候，仅仅有钱就够了。

对于某一个民族而言，许多时候，仅仅有钱是不够的。

对于某一国家而言，一切时候，钱都不过是这样一些东西——你可以说它很主要，你可以说它太主要，你可以说它非常非常主要，但你永远都不能说，永远都不能真的认为，它是唯一主要的东西。

我们完全没有必要总是去思考人类存在的意义。这是一个危险的思想误区。人类的存在本身就是意义。正如一个具体的人活着便是一种最应该被重视的意义。但我们却知道，人类存在的意义绝不是，从来不是用金钱覆盖地球。这一点并不足以使人类觉得幸福。那么除此之外我们还需要什么呢？高涨的物价总是会降下来的。低微的工资总是会调上去的。通货膨胀总是会得到遏制的。住房问题交通问题社会福利问题等困扰我们的许多问题，总是会逐步地得到改善的。发达国家做得不错，经验不少，甚至可以说卓有成效。彼人也，吾亦人也，他们做得不错的，我们也必会做得不错。只不过我们需要比他们长的时间罢了。

那么在这之后呢？

在这一切目的实现之后我们便会不再忧郁了么？

未必尽然。

放眼隔洋望去，物质发达了的国家的许多人们，包括他们的许多富人，并非都满面祥和与安泰，并不都像吃饱了饮足了睡够了无忧无虑了的猩猩。"世纪末心态"这个词是他们概括出来的，便是一个明证。相对于我们，他们是地球上先富起来了的一部分人类。这一部分人类似乎仍被什么所困扰着。似乎仍陷于某种忧郁之中。似乎心存着种种的惶惑……

那仍困扰着他们使他们忧郁使他们惶惑的是什么呢？为什么我们正羡慕着他们的这一个时代，他们却仿佛觉得是处在"世纪末"？

那便是对我们人类自身的惶惑。我们人类的心灵之中某种宝贵东西的沙化现象泯灭现象正困扰着我们。

那宝贵的东西便是人类对自己同类的爱心。便是人们对自己同胞的爱心。从猿到人，我们是否真的进化了，标准其实也是包括这一点的。如果完全丧失了这一点，我们人类则就连动物都不如了。即使我们每个人都拥有了豪华的住宅高级的轿车终日锦衣美食，我们还是会感到活得羞耻。因为这一种活法，也只不过能证明我们是最娇贵的动物，并不能证明我们是地球上最进化了的动物。

爱心泯灭的人类，只能是这地球上一切动物中最为凶恶可怕的动物。

我以为，目前的中国人，在诸忧之中，其实也是普遍地忧着这一点的。中国人并不低等，并不愚昧。我们既有近虑，其实也有远忧。近虑种种，重重地包围着我们。远忧逼近，眈眈地虎视着我们。我们每个人对自身以及家庭的体面的物质生活前景的近虑，和对我们自身以及我们的后代子孙的善变抑或恶变的远忧，从两个方面压迫着我们，使我们内心里的忧郁已处在空前的状态……

那么就让我们说服自己接受这样的信念吧——为着我们和我们的子孙后代，必须像战士一样，在我们每个人的内心保留住一点儿爱和一点儿善。哪怕一点点儿，让它像种子一样，像最宝贵的遗产一样，遗传给我们的后代，在我们子孙后代的内心里生根，长叶……

我们不可能指望中国暴发了的些个所谓富豪去爱我们的穷困的同胞们。这种指望是迂腐的。暴富者无爱心。这几乎是一条规律。他们作出的样子，那也必定掺杂了太多的其他目的。他们首先要保留住的，是他们的金钱和财富。他们要在爱和善方面进化，并从这两方面对待我们的普遍之同胞，将注定了要比我们需要的时间长久得多。甚至只能指望他们的下一代。上一辈为富不仁，下一代或下下一代，才进化为有良知的富人，这也几乎是一条规律。

当然我们也不必自作多情地尝试着去爱他们。完全没有这个必要。其实爱和善在我们心中原本已剩不多，一点而已。稀少的东西最应给最需要的人们——那便是活得远不如我们的人，以及和我们活得差不多的普遍的人。

我们以爱和善对待他们，穷困对他们的压迫，将会因而减弱程度。

我们爱恤他们的上不起学的孩子，他们的孩子，将来长大了，才不会以冷漠和敌视对待我们的孩子……

同时，我们也会觉得，自己内心里的忧郁，对自己心灵麻木现状的沮丧和悲哀，也会减弱程度……

我们不能成为慈善家。这也根本不是在宣扬慈善，这只是爱，一种符合我们心灵进化阶段的温馨的博爱，和一点点善，证明我们仍属人类的那么一点点……然而有和没有是大不一样的。你想想吧……

小说平凡了以后

小说有过很不入流的时代。

是的，无论在中国还是在别国，都曾有过那样的时代；或者说那样的世纪更确切。

那样的世纪是诗的世纪。在那样的世纪，连散文和随笔的文学地位，也都在小说之上。比如《唐璜》和《浮士德》，其实更接近着是小说的体裁。文学家们似乎觉得用诗的形式来结构"长篇故事"才足以证明其才华。又比如更早的《荷马史诗》，这种以诗的形式演义历史的现象，从许多国家都可以找出例子。就说《圣经》吧，诗的成分、意味，也起码和小说的特征是平分秋色的。

但小说确乎很伟大过。它只稍许比诗年轻一点点。虽然至今人们仍用"史诗性"三个字来称道伟大的小说，而伟大的小说却自有其与诗不同的伟大处——没有一首诗能像伟大的小说那样与人类的阅读习惯发生最亲密的接触。

二十世纪中叶以后，诗渐渐地寂寞了。

现在，小说也寂寞了。不但寂寞了，而且平凡了。发达的印刷业，传媒界，加上电视机、影碟机、电脑网络这些科技产品的问世，削减了小说以往对人类生活的影响，甚至挑战了人类古老的阅读习惯。毕竟，图像比单纯的文字对人眼具有更强大的吸引力。写小说这件事，已经像歌唱模仿秀一样，不再高不可攀。

我早在上世纪八十年代就写过一篇相当长的文章发表于《光明日报》，题目是"奥林匹斯的黄昏"。那时小说还正在中国红得发紫着。那时我预见，在以后的二十年间，中国人的消遣心理，必将欣赏的愿望厚厚地压在底下。以后二十年间的小说，取悦于人们一般消遣的动意，也必日渐明显。

现在的小说总体上正是这样，尽管有我的许多同行们继续努力地做着种种提升它性质的实践；却毕竟的，分明的，普遍之人们对小说的要求更加俗常了。

小说是在这一背景下平凡的。平凡的事物，并非便是已经不值得认真对待的事物。所有写小说的人，在动笔写一篇小说时的状态都无疑是相当认真的。对小说的理解决定着各自不同的认真尺度。在关于小说的一切说法中，经过思考，我最终接受了这样的理念——作家是时代的书记员，小说是时代的备忘录。于是有我现在的一系列小说"出生"，自然包括《档案》这样的小说……